双葉文庫

オリジナル 長編性春エロス

俺の湯

草凪優

目次

第一章　ニセ乳騒動　7
第二章　ランジェリー泥棒　46
第三章　変態女、出没　92
第四章　乱れる女将　136
第五章　もっこりの女　175
第六章　憧れの叔母　208
エピローグ　253

俺の湯

第一章　ニセ乳騒動

1

（まったく壮観な眺めだなあ……）

「花の湯」の番台に座った小島晴之《こじまはるゆき》は、にんまりと笑みをこぼした。

もちろん心の中で、だ。

いくら白髪《しらが》のカツラと鼈甲《べっこう》メガネで初老の男を装っていても、女湯を見渡して鼻の下を伸ばすことは許されない。置物のようにその場の景色に溶けこむことを心がけ、眼の前にある小型テレビをつまらなそうに眺めつつ、存在感を消す。

だが、心の中ではお祭り騒ぎだった。

なにしろ銭湯の番台である。すべての男が一度は憧れるであろう幸運な席に、自分はいま座っているのだ。

商店街の看板娘も、貞淑で清楚《せいそ》な人妻も、ぴちぴちした女子大生も、風呂に入るときは誰だって裸になる。ブラジャーやパンティを脱ぎ去って、女の大切な部分を露《あらわ》にする。

いまどき銭湯を利用する客なんて、おばさんかお婆ちゃんばかりだろうとあなどってはいけない。お婆ちゃんはともかく、たとえおばさんでも、なかなかどうして見応《みごた》えがあった。

馬子《まご》にも衣装という言葉があるが、逆も真なりなのだ。銭湯の番台に座っているとしみじみ思う。どんな女でも裸になれば、服を着ているときより魅力が倍増するのである。

晴之は今年二十歳になった。

高校を卒業後、仕事を求めて上京してきたものの、なにをやっても長続きせず、ようやく倉庫管理の仕事に落ち着いたのが半年前。しかし、その仕事も楽しいとは言えず、田舎に帰って家業の農家でも継いだほうがマシではないかと思っていたところに、東京にいる唯一の親戚《しんせき》であり、「花の湯」に嫁《とつ》いでいた叔母から銭湯を手伝ってほしいと声をかけられた。

叔父が不運な交通事故に巻きこまれて半年ほど入院しなければならなくなったらしく、「花の湯」は叔父と叔母のふたりで切り盛りしているので、とてもひとりでは営業できないというのである。

「昼間の仕事が終わってから、番台に座っててくれるだけでいいのよ。お金はそんなに出せないいんだけど……」

晴之はふたつ返事で引き受けた。

お金など問題ではない。叔母の名前は志津香《しづか》という。母よりひとまわり年下の三十二歳で、淑《しと》やかにして凛《りん》とした美人。基本的にはやさしい人だが、曲がったことが大嫌いで、生真面目で清らかな性格をしている。

そんな叔母のことが、晴之は昔から大好きだった。母に叱られてもふて腐れるだけだったが、叔母に切々とお説教をされると、どういうわけか素直に言うことをきけた。要するに美人は得なのだ。頼りにされれば、押っ取り刀で駆けつけないわけにはいかない。

おまけに銭湯の番台である。

男の夢が叶うのである。

いくら頑張っても居場所が見つけられなかった東京暮らしが、にわかに盛りあがっていく予感を覚えた。

「でも、晴之くんみたいに若い男の子が番台に座ってると、嫌がるお客さんもいるかもしれないから……」

叔母が用意してくれたカツラとメガネを着用し、服もなるべく地味なものを着て、番台に座ることになった。

願ったり叶ったりだった。変装をしていたほうが、こちらとしても照れずにじっくり女体ウォッチングに精を出せるというものだ。

2

「花の湯」があるのは東京の東側、いわゆる下町と呼ばれる地域だった。

高層ビルが林立している新宿や丸の内、街も人もオシャレを競いあっている銀《ぎん》座《ざ》や青山《あおやま》、あるいは街並みもよそよそしい新興住宅街とはまったく違う貌《かお》をした東京が、そこにはあった。

建物は煮染《にし》めたように年季が入っているが、活気にあふれた商店街。夕餉《ゆうげ》の匂いが漂ってきそうな狭い路地。赤ちょうちんが揺らめく呑み屋横丁。そんな中、チャキチャキの東京弁で気さくに声をかけあう人々……。

晴之はいっぺんで気に入った。

東京に対して初めて親近感を抱いたと言ってもよく、自分もこの町の住人になりたいと思った。

「花の湯」は商店街の真ん中あたりの路地を入り、飲み屋横丁に抜ける途中にある。

近ごろはどこの銭湯でも似たようなものだろうが、「花の湯」の客層は男女を問わず年配が多い。

五十代以上の人には、子供のころから銭湯に馴染《なじ》みがあるので、家の狭い風呂より銭湯が好きだという向きが少なくないし、さらに年上のお年寄りにとっては一種の社交場のようなものなのだろう。

それでは若い客はまったくいないのかというと、そんなことはない。毎日やってくる常連客は少なくても、時折、眼を見張るような若くて綺麗な女が現れることもある。

おそらく、家の風呂が壊れたとか、ひとり暮らしなので風呂を沸かすのが面倒になったという理由でやってくるのだろう。不慣れな雰囲気に戸惑いながらも、手脚を伸ばせる広々とした浴槽でリラックスし、つやつやした湯上がりの顔にさわやかな笑みを浮かべて帰っていく。

仲村優佳《なかむらゆうか》もそんなひとりだった。

優佳は近所の商店街にある果物屋の看板娘である。

年は二十代半ばだろうか。猫のように大きな眼をした可愛い顔をし、性格は天《てん》真爛漫《しんらんまん》。笑顔で店番をしながら、前を通る人に挨拶《あいさつ》を欠かさない。たとえ客でなくてもそうで、この町の新参ものである晴之に対しても、いつも「こんにちは」と明るく声をかけてくれる。

もちろん、素顔の晴之に、だ。「花の湯」の番台に座っている晴之は、白髪のカツラと鼈甲メガネで変装しているから、挨拶はしてくれない。

しかも、どういうわけか元気がなかった。女湯の扉を開けておずおずと入ってきた優佳の顔には、いつもの明るい笑顔がなく、表情が曇りきっていた。

とはいえ、晴之の胸は期待にふくらんだ。

優佳は可愛いだけではなく、天真爛漫なだけでもなく、すさまじく大きなおっぱいの持ち主なのだ。胸あてのあるエプロンをしていても隠しきれないほど、こぼれそうな巨乳なのである。

彼女が果物屋の前で明るく「こんにちは」と挨拶すると、胸のふくらみがプルルンと揺れる。通りがかる男たちはその光景に息を呑み、満面の笑みで「こんにちは」と返す。

　そんな男たちが果物が食べたくなったとき、メロンやスイカを彷彿《ほうふつ》とさせる優佳の巨乳を思いだすのは必然だろう。いそいそと彼女の店に買いにいくこともよくあるだろうから、看板娘ならぬ、看板巨乳と言っていいのだ。

（すごいぞ。あの巨乳を生身で拝めるなんて……）

　晴之は客に気づかれないように、ごくりと生唾《なまつば》を呑みこんだ。番台の役得、ここに極まれりである。

　上着を脱いで籠に入れた優佳は、ひどく恥ずかしそうな顔をしていた。おそらく、銭湯に不慣れなのだろう。まわりに人がいなくなったのを確認して、ベージュのセーターをこそこそと脱いだ。

（おおうっ！）

　晴之は胸底で雄叫《おたけ》びをあげた。

　期待を裏切らない巨大なカップのブラジャーが、巨乳をしっかりと包みこんでいた。色は白で、レースや小さな花の刺繍《ししゅう》が可愛い。見るからに、甘い匂いが漂ってきそうである。

　しかし、優佳はなかなかブラジャーを取らなかった。湯上がりのおばさんが近くで体を拭きはじめたので、どうやらそれを気にしているようだ。

（ははーん、そうか……）

番台に座った晴之は、しかめっ面《つら》でテレビを眺めるフリをしながら、横眼でしっかり優佳の様子をうかがっていた。

乳房の大きな女の中には、それをコンプレックスに感じている向きも少なくないらしい。巨乳はどうしてもエッチな雰囲気を振りまいてしまうから、それが恥ずかしいのだろう。

晴之としては一刻も早く巨大なカップのブラジャーを取ってもらい、生身の乳房を拝んでみたかったが、優佳はもじもじと恥ずかしそうに身をよじった挙げ句、先にジーンズを脱ぎにかかった。

（むむっ、下半身もたまらないじゃないかよ……）

ジーンズの下から現れたヒップは丸々と張りつめて、太腿《ふともも》のむっちり具合も悩殺的である。

優佳は小柄なほうなので、トランジスタグラマーという言葉が脳裏をよぎった。背丈は低くとも、出るところはきちんと出て、引っこむところはしっかりと引っこんでいるスタイルは、男が憧れるひとつの典型と言っていいだろう。

とくに晴之のような、二十歳になっても童貞を捨てられない奥手な男子にとっては、ストライクゾーンのど真ん中である。むちむち、ぴちぴちとしたボディによって、童貞を捨てる夢をいままで何度見てきただろうか。

（さあ、脱げ！　脱いで巨乳を拝ませてくれ……）

下半身の肉づき具合に興奮し、本命である乳房に対して期待が高まっていった。気がつけば痛いくらいに勃起《ぼっき》して、腰が浮きあがっていた。

ところが……。

羞《は》じらいに眼の下を赤らめて優佳がブラジャーをはずした瞬間、晴之は凍りついたように固まった。

なかったのだ。

ブラジャーのカップは呆《あき》れるほどの大きさなのに、その下から姿を現したふたつの胸のふくらみは、手のひらですっぽりと包みこめそうな小ぶりなサイズだった。

つまり優佳は、ブラジャーの中に詰め物をして巨乳を装っていたのである。はっきり言って、ニセ乳だったのである。

そうまでして男の視線をたばかるとは、なんという卑劣な女なのだろう。

ましてや彼女は果物屋の看板娘であり、看板巨乳なのだ。その巨乳で売り上げに貢献していたとすれば、まさしく看板に偽りありと言っていい。

（ちくしょう。ズルいじゃないかよ……）

晴之は憤懣《ふんまん》やるかたない気分になった。これはひどい裏切りである。

裸になった優佳は、前屈みになっていそいそと洗い場に向かった。

カランの前に座り、体を洗いはじめた彼女の乳房は、BカップかせいぜいCカップといったところで、貧乳とまではいえないにしろ、巨乳からはかけ離れている。

落胆は隠しきれなかった。

怒りすらこみあげてきていた。

しかし、おばさんやお婆さんが客の大半であるこの下町の銭湯で、優佳の若さと可愛らしさが群を抜いているのも、また事実だった。

肌の白さやぴちぴち具合がまぶしかった。

ニセ乳だったことへの失望感に苛《さいな》まれてなお、晴之の視線は優佳に吸い寄せられ、釘づけにされてしまった。

（おっぱいはともかく、お尻や太腿の肉づきは、最高だよなあ……）

晴之は股間がむくむくと大きくなっていくのを感じながら、胸底でつぶやいた。

しかめっ面で番台前のテレビを見ているフリをしつつ、優佳のボディを隅々《すみずみ》までチェックした。

ヒップには呆れるほど量感があり、女らしい丸々としたカーブが悩ましく、湯を浴びてピンク色に染まった様子は桃の果実のように瑞々《みずみず》しい。

太腿の量感もヒップに負けず劣らずで、見るからに弾力がある揉み心地が伝わってくる。

さらに、腰のくびれが最高だった。

ヒップと太腿の肉づきがよすぎて、ともすれば太っているように見えそうなところなのに、蜜蜂《みつばち》のようにキュッと締まった腰が救っている。見事な蜂腰《はちごし》が、小柄で肉づきのいいボディを、セクシーなトランジスタグラマーに見せるのだ。

だから、返《かえ》す返《がえ》すも胸のボリュームが足りないところが残念だった。

これでしっかりFカップやGカップの巨乳なら、完璧だったのだ。その裸身を脳裏にきっちりと焼きつけて、これから何度でもオナニーのおかずにできただろう。シャボンにまみれた手のひらサイズの乳房を確認するほどに、胸底で深い溜《ため》息《いき》がもれてしまう。

（本当に惜しいよな。せめてあとちょっと、プルルンって揺れるくらいあってくれればよかったのに……）

だが、しげしげと眺めているうちに、いつしかその形のよさに魅せられていった。たしかにサイズは物足りないが、色が白くて柔らかそうだし、なにより乳首の色が儚《はかな》げな淡いピンクで、たまらなく清らかだ。

しかも、むちむちに張りつめた下半身とのアンバランスさが、なんとも言えずエロかった。

恥ずかしそうに背中を丸める仕草が、そんな印象に拍車をかける。

きっと彼女は、胸の小さいことだけがひどいコンプレックスなのだろう。普通にしていればなんでもないのに、恥ずかしがるから余計に気持ちがわかってしまう。

（なんか、いいよな……）

晴之は勃起しきったペニスが熱い脈動を刻みはじめるのを感じた。初めは騙《だま》されたと思ったが、見れば見るほど年上の彼女が可愛く思えてきた。

3

「あっ、いっけねえ」

晴之は「花の湯」の前で苦笑とともに頭をかいた。

シャッターが閉まっていたのだ。ここのところ会社帰りに番台に座ることが習慣になってしまったので、定休日を忘れていた。

交通事故に遭った叔父に代わって番台に座りはじめて、そろそろひと月が経つ。馴染めない東京暮らしの中で唯一見つけたオアシスだったから、毎日来るのを楽しみにしているのだ。

とはいえ、定休日ではどうすることもできず、近所で食事をして帰ることにした。いつもは叔母が夕食をつくっておいてくれ、番台に座る前に食べているのだが、定休日では用意もしていないだろう。

（さて、どうしたものか……）

牛丼やラーメンというのも芸がないし、せっかくなので呑み屋横丁を探検してみることにした。いつも夜闇に赤ちょうちんが揺らめく景色を眺めて、好奇心を刺激されていたのである。

「いらっしゃい！」

眼についた一軒に入ると、ねじり鉢巻の大将が威勢のいい声で迎えてくれた。

カウンター席に腰をおろして生ビールを頼む。

グイッとジョッキを傾けて、渇いた喉を潤す。

ひとりで居酒屋に入って酒を呑むのは初めてだったので、なんとなく大人になった気がした。いい気分だった。

だが、次の瞬間、晴之はギョッと眼を見開いてしまった。もう少しでふた口目のビールを吹きだしてしまうところだった。

隣の席にいる女に見覚えがあったからだ。

果物屋の看板娘、中村優佳である。

（まいったなあ……）

晴之はさりげなく顔をそむけ、ビールをちびりと呑んだ。

にわかに味も喉越しもわからなくなった。頭の中には、先日番台から拝んだ、彼女のヌードが浮かんでいた。

ブラジャーに詰め物をした、張りぼてのおっぱいだ。

優佳はピンク色のセーターを着ていた。薄手の生地で体にぴったりと張りついているから、胸のふくらみがこれでもかと強調されている。

だが、それは嘘にまみれたニセ乳で、本当はBカップかCカップの可愛らしい乳房をしているのである。

「ふふっ、どうも」

優佳が不意に笑顔を向けてきたので、晴之の心臓は停まりそうになった。

彼女もひとりで呑んでいた。声をかけてきたのは、天真爛漫な性格もあるだろうし、下町の気さくな雰囲気のせいもあるだろう。番台に座っているときは変装しているので、気づかれているわけではなさそうだった。

「近所にお住まいですか？」

優佳に訊ねられ、

「ええ、まあ……」

晴之はしどろもどろに答えた。

「その……なんていうか、いつもすみません……」

「えっ？」

「果物屋さんの前を通るたびに挨拶してもらってるから……」

「よかった。わかってくれて」

優佳は満面の笑みをこぼした。どうやら彼女も、晴之のことを覚えていてくれたらしい。

「ねえねえ、わたし、友達にドタキャンされちゃって、ちょっと淋しかったの。よかったら一緒に呑まない？」

「い、いいんですか……」

晴之はにわかに浮き足だった。

ニセ乳の持ち主とはいえ、優佳は可愛い。偶然入った居酒屋で、彼女と一緒に呑めるなんて夢のような展開である。

「じゃあ、乾杯！」

ジョッキを合わせながら、晴之の視線は自然と優佳の胸に引き寄せられていた。たわわに実った丸みを、ピンク色のセーターが包みこんでいた。

しかしそれは真っ赤なニセモノ。

自分だけがその秘密を知っていると思うと、胸がドキドキするのを抑えきれなかった。

優佳はいける口だった。

楽しげな笑顔を浮かべつつも、かなりのハイペースでビールジョッキを空にしていき、晴之も釣られて呑んでしまった。酒に強いほうとは言えないので、三十分もすると完全に酔っぱらっている自分がいた。

「晴之くん、年いくつ？」

「二十歳です」

飲みながらお互いに自己紹介をした。優佳は二十五歳で、果物屋の主人の遠縁にあたるという。二年前まで銀座で派遣ＯＬをしていたが、いまは気さくな下町暮らしが気に入っているらしい。

「ねえねえ。晴之くんって、彼女いるの？」

優佳が酔いでピンク色に染まった顔で訊ねてきた。猫のように大きな眼が、悪《いた》戯《ずら》っぽく輝いている。

「いませんよ。自慢じゃないですけど、彼女いない歴二十年です」

晴之も赤い顔で答えた。

酔いのせいだけではなく、童貞であることを告白したのが恥ずかしかったからだ。明るい優佳は酒が入るとますます明るくなり、つい調子に乗せられて話してしまったが、普通なら内緒にしておくマル秘事項である。

「ふうん」

優佳はニヤニヤと意味ありげに笑った。自分のほうが五歳年上とわかったので、いささかおねえさんぶっている。

「じゃあさ、どんなタイプがいい？　童貞を捨てるなら」

「えっ？」

「夢よ、夢。理想のタイプを言ってみなさいよ」

「それは……」

晴之は視線を泳がせた。急に理想のタイプなど訊ねられても困る。グラマーでもスレンダーでも、可愛いタイプでも怖いくらいの美人でも、やらせてくれるなら誰だって好きになれる自信があったが、そんなことを素直に言っても軽蔑されるだけだろう。

あてどもなく泳いだ視線が、なんとなく胸のふくらみに吸い寄せられていき、

「ふふふっ」

優佳が意味ありげに笑った。

「やっぱり、おっぱいが大きい子がいいのかしら」

「い、いいえ」

晴之はあわてて首を横に振った。騙されてはいけない。優佳の巨乳はニセの巨乳なのだ。巨乳を褒めてほしいわけではなく、むしろ逆だろう。

「僕はどっちかっていうと小さいおっぱいが好きですね。小さいほうが可愛いっていうか」

きっぱりと断言すると、

「へええ、珍しいのね」

優佳が不思議そうに眼を丸くした。

「男なんて、みんな大きいおっぱいが好きだと思ってたけど」

「人それぞれじゃないですか。そもそも、おっぱいだけ見てるってわけでもないですし」

「どこを見てるのよ？」

お尻とか太腿です、とはさすがに言えない。

「いや、まあ……いろいろですよ……全体的っていうか……」

「ふーん」

優佳はつまらなそうに唇を尖《とが》らせ、横顔を向けた。心は千々《ちぢ》に乱れていることだろう。なにしろ、外見は巨乳でも、中身は手のひらサイズの控えめな微乳《びにゅう》なのだ。

「じゃあ、わたしのことは好きじゃないわね？」

横顔を向けたまま言った。

「わたしに言い寄ってくる男って、みんな露骨なおっぱい好きばっかりだもん」

「正直言って……」

晴之は勝負に出た。彼女のコンプレックスをくすぐってやろうと思った。

「もし優佳さんが小さなおっぱいだったら、理想の女の人ですけどね。付き合い
たいっていったら大それてますけど、童貞をもらってほしいですよ」

「やだ」

優佳は眉をひそめて苦笑した。

「童貞もらってほしいほうが、よっぽど大それてるじゃないの」

「ハハッ、そうか……」

眼を見合わせて笑った。晴之の心臓は早鐘を打っていた。

いい雰囲気だった。

優佳の眼の下がねっとりしたピンク色に染まっているのは、呑みすぎたビール
のせいばかりではないようだった。巨乳より微乳を支持すると発言したせいで、

晴之を見る眼があきらかに前とは違っていた。

4

優佳は果物屋の近くのアパートでひとり暮らしをしていた。

商店街の裏にある住宅街で、こちらは呑み屋横丁と違って夜になると静かだ。

「いいんですか、お邪魔して」

アパートの玄関に通された晴之が、おずおずと訊ねると、

「うん。散らかってるけど気にしないで」

優佳は言ったが、部屋はまったく散らかっていなかった。ひと間しかない部屋だったので、花柄のカバーが掛けられたベッドがまず眼に飛びこんできた。

同時に襲いかかってきたのが匂いだ。

女のひとり暮らしの部屋にあがったのは初めてだったが、甘い体臭が部屋中にこもって、むせかえりそうなほどだった。

（たまらない……たまらないよ……なんていい匂いなんだ……）

ドキドキして身動きがとれなくなった晴之を尻目に、優佳は蛍光灯をオレンジ色の常夜灯に変えた。部屋が途端に淫靡《いんび》なムードになった。

「脱ぎなさいよ」

優佳は背中を向けたままささやいた。

「キミの童貞、もらってあげるから、服を脱いでベッドに入って」

晴之は絶句した。

優佳は「うちで呑み直しましょう」と言ってこの部屋に誘ってきたのだ。もしかしたらキスくらいはさせてもらえるかもしれないと期待していたが、いきなり脱げとは大胆にも程がある。

「どうしたのよ？」

優佳が焦《じ》れた顔で振り返った。

「じゃあ、わたしが先に脱ぎましょうか？」

「で、でも……」

しどろもどろになった晴之に見せつけるように、優佳はピンクのセーターを脱いだ。淡いピンクのブラジャーが露になり、

（うわあっ……）

晴之は息を呑んでしまった。

相変わらず、すごい迫力だ。もちろん、ブラジャーだけなのだが……。

背中のホックをはずした優佳は、ひどく恥ずかしそうにカップを押さえて、上目遣いを向けてきた。

「驚かないでね」

カップがめくられたその下から現れたのは、手のひらサイズの微乳だった。女らしくふくらんでいるし、乳首は清らかな薄ピンクだったが、ブラジャーにパットを入れていることはあきらかだった。

「ど、どうして……」

晴之は声を震わせた。

「どうしてそんなことを？」

「だってえっ……」

優佳は眼に涙をいっぱいに溜め、可愛い顔をくしゃくしゃにした。

「男の人って、みんな巨乳が好きなんだもん。ちょっとパット入れてみたら急にモテるようになったから、調子に乗ってブラをどんどん大きくしていったのよ。でも、おっぱいで引っかかる男は、みんな裸になるとがっかりする。ハーッって深い溜息ついたりね……わたしもう、男の人の前で裸になるのが怖くなっちゃって……」

「優佳さん！」

晴之は熱い視線で優佳を見つめた。

「泣かないでください。僕にとっては理想ですから。小さなおっぱいだってすごく可愛いですから」

慰めながら、痛いくらいに勃起していた。

眼の前で見てみれば、大きさなんて関係なかった。それは晴之にとって、生まれて初めて間近で見る生身の乳房だったからだ。銭湯の番台から盗み見ていたのとは意味が違う。触っても揉んでもいい無防備な状態で、眼の前に差しだされたのである。

「……ねえ」

優佳は指先で眼尻の涙を拭い、笑顔をつくった。

「キミって本当に童貞なの？」

「えっ、はい」

晴之はうなずいた。胸を張って自慢できる話ではないが、事実は事実である。はっきり言って、やらずの二十歳、ヤラハタだった。

「そっか。それじゃあ、わたしがリードしてあげないとね」

五つ年上の優佳は、泣いてしまったことが恥ずかしいらしく、にわかにおねえさんぶった態度を見せた。

「はい、バンザイして」

晴之が両手をあげると、セーターとTシャツを脱がせてくれた。続いてベルトがはずされる。ズボンを足から抜かれると、顔が燃えるように熱くなった。

女の人に服を脱がされていることも照れくさかったが、それ以上に、白いブリーフの前がもっこりとふくらんでいるのが、身悶えしたくなるほど恥ずかしかった。

まだキスもしていないのに、興奮しすぎて童貞丸出しである。

「ふふっ、すごい元気ね」

優佳は可愛い顔を淫靡に輝かせ、股間に手を伸ばしてきた。伸縮性の生地に包まれた男の器官を手のひらで包みこみ、すりすりと撫でまわしてくる。

「むむっ……」

晴之は息を呑んで首に筋を浮かべた。

優佳の手つきが、いやらしすぎたからである。彼女は近所の果物屋の看板娘。店先で挨拶している様子は元気で明るくてさわやかな雰囲気なのに、まるで別人になってしまったようだ。

「やんっ、どんどん硬くなってくる」

優佳の手つきがいやらしくなっていく一方なので、ブリーフの中のペニスは痛いくらいに勃起して、男のテントをますます恥ずかしい形状になる。

「むっ……むむむっ……」

晴之は顔を熱く火照《ほて》らせて身をよじった。

伸縮性の生地に押さえこまれているので、勃起すればするほど息苦しくなり、けれども布越しに施される愛撫《あいぶ》がたまらなく心地いい。すりっ、すりっ、と撫でられるほどに、眩暈《めまい》にも似た快感がこみあげてくる。

「ふふっ、そろそろ見せてあげましょうか」

優佳は悪戯っぽく笑うと、晴之の足元にしゃがみこんだ。両手でブリーフの両脇をつかみ、もっこりとふくらんだ男のテントと晴之の顔を交互に見た。晴之はブリーフに締めつけられている息苦しさをこらえながら、すがるように優佳を見つめ返す。

(見られる……チ×ポを見られちゃう……)

童貞ということは、勃起したペニスを見られるのも初めてなのである。早くブリーフの息苦しさから解放してほしいと願うのと同時に、身をよじるような恥ずかしさがこみあげてくる。恥ずかしいけれど見られたい。自分の分身を、優佳の可愛い眼で見つめてほしい。

ブリーフが引きさげられた。

隆々《りゅうりゅう》と勃起しきったペニスが唸《うな》りをあげて反《そ》り返り、ぴしゃっと湿った音をたてて臍《へそ》を叩く。

「わあっ……」

優佳は猫のように大きな眼をますます大きくして、きつく反り返った男の器官に熱い視線を浴びせてきた。

「びっくりした。すごい大きいじゃない。しかもこの反り具合……超エッチ」

「ううう……」

晴之は身をよじらずにはいられなかった。

優佳の視線は、ひどく熱くてねっとりしていて、それがペニスにからみついていることが、はっきりと実感できた。

(見られてる……優佳さんに、俺のチ×ポを……)

晴之の緊張と興奮はマックスに達していた。

勃起しきったペニスをまじまじと凝視している優佳が、いまにも根元に指をからめ、いやらしすぎる手つきでしごいてくれそうだったからだ。それどころか、ぷりぷりした赤い唇で亀頭《きとう》を咥《くわ》えこみ、しゃぶりまわしてくれそうな気配すらある。

しかし、期待は見事な空振りに終わった。

「……んしょ」

童貞の生っ白いペニスをひとしきり鑑賞した優佳は、立ちあがって背中を向けてきた。上半身はすでに裸で、クイッと腰を振ってスカートを揺らした。

「じゃあ、わたしも脱がせて」

「……は、はい！」

フェラチオを逃した失望感は一瞬にして吹き飛び、晴之は両手をスカートに伸ばしていった。ホックをはずしてファスナーをさげると、優佳はもう一度腰を振った。妖《あや》しい衣擦《きぬず》れ音を残して、スカートが床に落ちていく。

（うわあっ……）

晴之は息を呑んで眼を見開いた。丸々と実ったヒップの丘が、淡いピンク色のパンティに包まれていた。乳房は控えめなサイズの彼女だが、お尻はボリューム満点だった。パンティの色と相俟《あいま》って巨大な桃のようである。

思わず見とれていると、

「もう！　早く脱がせてよ」

優佳がダンスをするように腰を振った。プリン、プリン、と音さえしそうな悩ましさで、丸々とした桃尻が右に左にバウンドする。

「失礼します……」

晴之はパンティの両サイドを指でつまみ、ピンク色の薄布をペロリとめくった。剝き卵のようにつるんつるんの白い生尻が眼前に現れ、鼻息が異様に荒くなってしまう。

「ふふっ、くすぐったいよ」

ヒップに鼻息を感じた優佳は、くすくすと笑いながら自分でパンティを爪先から抜き、ベッドにもぐりこんだ。

「来て」

と手招きされ、晴之も追いかける。お互いに全裸だった。狭いシングルベッドなので体が密着し、ぬくもりが伝わってくる。顔と顔の位置がひどく近い。

「ぅんんっ……」

吸い寄せられるようにお互いの唇が重なった。優佳の唇は体つきによく似てグラマーで、たまらなくぷりぷりしていた。

しかし、その感触をじっくり味わう暇はなかった。すぐにヌルリと舌が差しだされ、晴之もあわてて舌を出すと、ねっとりとからめとられた。

「ぅんんっ……ぅんんっ……」

鼻息を荒らげて、舌と舌をからめあった。優佳はわざとネチャネチャと音をたてて、二十歳の童貞を挑発してきた。興奮しきった晴之は、負けじと優佳の舌を吸いしゃぶって、じゅるじゅると唾液を啜《すす》りあげた。

「ぅんああっ！」

優佳が鼻奥であえぎ、潤んだ瞳で見つめてくる。裸身から伝わってくるぬくもりが、みるみる熱を帯びていく。

口づけは長々と続いた。

優佳はキスが好きなようだったし、晴之も大人のキスに夢中だった。

二十歳の童貞とはいえ、さすがに口づけの経験くらいはあったが、こんなに大胆に舌を吸いあったことはない。口のまわりを唾液でベトベトにしながらお互いの舌をむさぼるこのディープキスは、親愛の情を示すスキンシップではなく、あきらかにセックスの前戯だった。

その証拠に、優佳の裸身は刻一刻と火照ってきている。

晴之は深い口づけに溺れながら、優佳の体をまさぐった。自然に手が出た。大人のキスに興奮しすぎて、考えて体を動かすことなどできなかった。

「あんっ！」

乳房に触れると、優佳はせつなげに眉根を寄せた。普段、巨乳を偽装している控えめな乳房を、まだ羞じらっているようだった。

しかし、晴之はもう、そんなことは気にならなかった。優佳の乳房は肉まんに似て、手のひらにすっぽりと収まった。隆起は柔らかく繊細そうなので、とびきり丁寧《ていねい》にやわやわと揉みしだく。

「あんっ……んんんんーっ！」

優佳は身をよじって悶え、裸身をますます熱く火照らせた。そして、ふくらみの先端をみるみる硬く尖らせていった。

「あ、あのう……」

舐めてもいいかと眼顔で訊ねると、優佳は苦笑まじりにうなずいた。いちいち確認しなくていいと、彼女の顔には書いてあった。

「むうう……」

晴之は鼻息を荒らげて乳房に顔を近づけていった。薄いピンク色だった乳首が、尖ったせいか赤くなっている。まるで炎のようになって興奮している乳首を口に含んだ。いやらしいほどの硬さが、唇と舌に力をこめさせる。思いきり吸いたて、舐め転がしてしまう。

「ああんっ、いやんっ！」

優佳が激しく身をよじる。

その反応の悩ましさに、晴之は高ぶった。やわやわと乳肉を揉みながら、乳首を口で刺激した。すぐにそれだけでは満足できなくなり、ふくらみ全体に舌を這わせていく。唾液でネトネトになった乳房を揉んでは舐め、舐めては揉んだ。物欲しげに尖りきった乳首を、ねちっこく舐め転がした。

「ああっ、いいっ！　気持ちいいよっ！」

優佳の吐息がはずみだし、体から甘ったるい匂いが漂ってくる。

汗の匂いだった。

この部屋に入ったとき、最初に感じた匂いを、さらに凝縮して生々しくしたような牝のフェロモンが鼻腔《びこう》の奥に流れこんでくる。

「あああっ……はぁあああっ……」

優佳は首筋や胸元にじっとり汗をかきながら、晴之の頭を抱きしめ、脚をからめてきた。晴之の太腿に、ふさふさした繊毛《せんもう》の感触が伝わってきた。

股間に茂った恥毛だった。

その奥からむっと放たれる妖しい熱気に、晴之は息を呑んだ。

(これは……)

乳房を揉み、乳首を吸いつつも、意識が太腿に集中していく。優佳が激しく身をよじるたび、貝肉質のヌメヌメしたなにかが、太腿を卑猥《ひわい》に撫でていく。

(これは？　この感触は……)

貝肉質のヌメリが、異様な興奮をかきたてた。その部分に触ってみたくてたまらなくなり、右手を優佳の股間に近づけていく。

最初に指に触れたのは、ヴィーナスの丘を覆《おお》った繊毛だった。猫の毛のように柔らかく、しっとりと湿り気があって、自分の陰毛とは全然違った。

さらにその奥へと進んでいくと、なんとも形容しがたい、ヌメヌメしてびらびらしたものが指に触れた。

「ああんっ！」

優佳がビクッとして上目遣いで見つめてくる。

「やさしく……触ってね」

「……は、はい」

晴之はこわばった顔でうなずき、指を動かした。

(これが……これが女のオマ×コかあ……)

布団の中で行っていたので、見ることはできない。触覚だけが頼りである。花びらが思ったより大振りで、肉厚だった。それをそっとめくりあげると、奥から大量の粘液があふれてきて、指にからみついた。

源泉はつるつるした粘膜だった。

呆れるほどに濡れていて、指がひらひらと泳いだ。軽く叩くようにすると、猫がミルクを舐めるようなぴちゃぴちゃという音がたつ。

「ああんっ、いやんっ……恥ずかしいから変な音たてないでっ……」

優佳はせつなげに身悶えながら、驚くべきことに自分から脚を開いた。言葉とは裏腹に、みずから恥ずかしいM字開脚のポーズをとった。

にわかに、布団の中にむっとする匂いがこもった。粘膜をいじりたてるほどに、発酵《はっこう》しすぎたヨーグルトのような匂いが、卑猥な湿り気とともに鼻腔の奥に流れこんでくる。

（なんか……強烈だな……）

いままでの人生では嗅いだことがない獣じみたフェロモンを胸いっぱいに吸いこみつつ、晴之は指を動かした。

匂いだけでこれほど強烈ということは、舐めたらどんな味がするのだろうか。このつるつるした粘膜にペニスを深く埋めこんだとき、結合感はいったいどれほどすさまじいのか。想像するだけで、いても立ってもいられなくなってくる。

「ねえ」

優佳が上ずった声で言った。

「わたし、もう我慢できなくなっちゃった」

「えっ？　トイレですか？」

晴之が首を傾げると、

「馬鹿ねえ」

優佳は怒ったように頬《ほお》をふくらませた。

「もう入れてほしいって言ってるの。これを」

「むむっ！」

勃起しきったペニスをぎゅっと握りしめられ、晴之は眼を白黒させた。

「入れたくないの？　童貞捨てたいんでしょ？」

「は、はい……」

晴之はうなずきつつも、

「どうやってすればいいでしょうか？」

眉尻を垂らした情けない顔で訊ねた。

「最初だから、正常位がいいんじゃない？　上になって」

「は、はい……」

晴之は体を起こし、優佳の両脚の間に腰をすべりこませた。興奮しきってビクビク跳ねているペニスをつかみ、女の割れ目にあてがっていく。

いや、そのつもりだったが、布団の中なのでよく見えない。

「もう少し……下よ」

優佳が恥ずかしげにささやく。眼の下を赤らめた横顔がたまらなく悩ましいのは、彼女も挿入に期待をしているからだろうか。

「こ、このへん？」

晴之はペニスの先端を下にすべらせ、ヌルリとした感触に身震いした。

「んんっ……」

優佳の顔も歪《ゆが》む。

「そこ……そこだから、ゆっくり入ってきて」

「は、はい」

晴之は息を呑んで腰を前に送りだした。

いよいよ童貞喪失の瞬間だった。

しかし、感慨に耽《ふけ》っている暇はなく、うまく結合を果たすことだけで頭の中はいっぱいだった。

（いいのか？　ここでいいのか……）

不安に苛《さいな》まれながら、じわじわと前に進んだ。

貝肉質の肉ひだが亀頭にぴったりと吸いついてきて、それを掻き分けるように入っていく。

妖しい熱気と卑猥なヌメリがひどく生々しく亀頭に伝わってきたが、思ったよりキツくなかった。貫いている、という実感がわいてこない。

「入ってますか？」

困惑顔で訊ねると、

「大丈夫よ」

優佳はハアハアと息をはずませながらうなずいた。

「そのまま入ってきて。奥まで……」

「むむっ！」

晴之はペニスに吸いつく肉ひだの感触に顔を真っ赤にしながら、大きく息を呑んだ。もっと奥まで入れるということは、少し勢いをつけたほうがいいだろう。

抱擁に力をこめ、下腹にエネルギーをためこんでから、ずんっと突きあげると、

「ああああああーっ！」

優佳は悲鳴をあげてのけぞった。結合の感触を嚙みしめるように、のけぞった体をひとしきり震わせてから、ねっとりと細めた眼で見つめてきた。

「これが……これが女よ」

甘く蕩《とろ》けるような声でささやく。

「これがセックスよ……腰を使ってみなさい……そうすれば……そうすればもっと気持ちよくなるから……」

「はっ、はいいいいーっ！」

晴之はすでに、熱狂の渦中にいた。突きあげて奥までいった瞬間、肉ひだの締

まりが強くなった。しかし、そこに留まっていることはできない。締まりを求めて、腰を動かした。ぎこちない動きであると自分でもわかったが、衝動のままにずんずんと突きあげ、ピストン運動を開始する。

「ああんっ！　初めてのくせにうまいじゃない」

優佳が褒めてくれたので、晴之は調子に乗った。乗らずにはいられなかった。お世辞でも嬉しかった。清らかな童貞を彼女に捧げてよかったと心から思いながら、ぐいぐいと律動を送りこんでいく。

「ああっ、いいっ！　いいいいいーっ！」

肉づきのいい優佳のボディが、みるみる汗ばんでいった。晴之も大量に汗をかいている。ヌルヌルと素肌がこすれるせいで、抱き心地がたまらなくいやらしい。

晴之は男に生まれてきた悦びを謳歌《おうか》するように、一心不乱に腰を使った。

やがて煮えたぎる男の精を吐きだすまで、大人の男として歩きだす一歩一歩を、歓喜に打ち震えながら踏みしめた。

第二章　ランジェリー泥棒

1

　銭湯の番台から女湯を眺めていると、女の下着は実に男の眼を愉《たの》しませてくれるものだとつくづく思う。

「花の湯」の番台に座るようになった当初は、裸にばかり視線を釘づけにされていたが、最近はその一歩手前の下着姿にも胸を躍らせている晴之だった。

　たとえば、顔立ちも服装も地味な人妻ふうの女が、ショッキングピンクの豹柄下着を着《つ》けていたりすると、もしかして本性は淫乱なのかもしれない、と手に汗握ってしまう。

　逆に美人でスタイルもいい高嶺《たかね》の花タイプが、生活感の漂うベージュの下着を着けているのも、ベッドではウブなのかもしれない、などと妄想をかきたてられて面白い。

とはいえ、最近の「花の湯」でナンバーワンの下着美人は、晴之のよく知っている女だった。

果物屋の優佳だ。

他でもない、晴之が清らかな童貞を捧げた相手である。あれからすでに二週間以上過ぎているのだが、二度目の逢瀬《おうせ》は叶っていない。

ただ、なぜか銭湯にはよくやってくる。

晴之は番台にあがるとき、白髪のカツラに鼈甲《べっこう》メガネで変装しているから、正体がバレていないのだ。

近ごろ、優佳には眼を見張る変化があった。大きなブラジャーで巨乳を偽装するのをやめ、代わりにやたらと派手な下着を着けてくるようになった。

それまで白やピンクのシンプルなデザインのものを着けていたのに、どういうわけか紫や赤やオレンジの、レースやフリルがふんだんに付いたセクシーランジェリーと呼びたくなる悩殺下着を愛用しはじめ、トランジスターグラマーなボディをますますエッチに飾りたてているのである。

（まったく、もう。次はいつ誘ってくれるんだろうな。ずっと連絡を待ってるのに……）

彼女の派手な下着姿を見るたびに、晴之は悶々とすると同時に哀しくなった。晴之としては、童貞喪失後も彼女と付き合えるとばかり思っていたのに、電話一本よこしてくれない。

そんなある日のことである。

煙草屋のお婆ちゃんが優佳の派手な下着に眼をつけ、

「ふふっ、ずいぶん綺麗なのしてるじゃない。彼氏でもできた？」

と、からかったところ、

「えぇーっ、わかりますかあ」

優佳が臆面《おくめん》もなく恋人の存在を肯定したので、晴之は番台から転げ落ちそうになった。

（なんだよ。人の童貞を奪っておいて、彼氏ができたって……）

要するに、あの夜のことは一度限りのアバンチュールで、本命がいたということだろうか。童貞とのセックスでは、満足することができなかったわけか。あまりに哀しすぎる初体験の結末に、伊達《だて》メガネのレンズが涙で曇ってしまいそうになった。

（彼氏がいるということは……）

このいやらしいムチムチボディを、誰かが抱いているということである。

なるほど、彼女にしてみれば、ほんの気まぐれで晴之の童貞を奪っただけなのかもしれない。

しかし、奪われた晴之にしてみれば諦めがつかなかった。

事の真相を確かめたくていても立ってもいられなくなり、優佳が銭湯から出ていくと、ちょうど側にいた叔母に番台を代わってもらって後を追った。白髪のカツラと鼈甲メガネをボイラー室に投げこんで、夜道を駆けていく。

「優佳さーんっ！」

背中に声をかけると、

「あら」

振り返った優佳は、晴之の顔を見てニッコリと相好を崩した。湯上がりでピンク色に上気した顔が、ドキドキするほど色っぽい。

「久しぶりじゃない、偶然ね」

あまりに無邪気な笑顔を向けられ、晴之は一瞬、返す言葉を失った。どうして連絡をしてくれないのか、もう二度とセックスをさせてくれるつもりはないのか、問いつめる勢いを削《そ》がれてしまった。

「ふふっ、でもちょうどよかった。キミにお礼を言いたかったんだ」

優佳はあたりに人影がないことを確認してから、声をひそめて言った。

「キミのおかげで……キミがちっちゃいおっぱいでも夢中で揉んでくれたおかげで、わたし、片思いの人に告白する勇気が出たの。そうしたら彼もね、実はちっちゃいおっぱいが大好きだったんだって。いまは超ラブラブ」

「……そうですか」

晴之は遠い眼でつぶやいた。

「うん、本当にありがとう」

優佳は幸福感に満ちた蕩《とろ》けるような笑顔を残して去っていき、その後ろ姿を、晴之はいつまでも眺めていた。

何度しても、失恋はつらいものだ。

肉体関係がある女にフラれたのは初めてだったので、なおさらせつなさがこみあげてくる。

(要するに、俺は片思いの相手にアタックするための踏み台だったわけか……)

考えてみれば、都合がよすぎる展開だったような気もする。

居酒屋のカウンターで偶然隣に座っただけの男を、本気で好きになるわけがない。遊びだったのだ。自分は遊ばれてしまったのだ……。

とはいえ、兎《と》にも角にも童貞だけは卒業できたのだから、よしとしたほうがいいのだろうか。

（泣くもんか……）

晴之は歯を食いしばってこみあげてくる涙をこらえた。とうの昔に優佳の姿が見えなくなっている道に背中を向け、力なく歩きだした。


トボトボと「花の湯」に戻ってくると、隣接しているコインランドリーがちょっとした騒ぎになっていた。女ふたりが口論、いや、一方が一方に金切り声でまくしたてている。

「ったく！　よくもわたしの大事なランジェリーを盗もうとしてくれたわね。警察に突きだしてやるから！」

罵倒しているほうは三十前後の金髪の女で、水商売の匂いがした。罵倒されているのは二十代前半で、真面目な女子大生ふうだ。とにかく相手の剣幕がすごいので、身をすくめて、いまにも泣きだしそうな顔をしている。

「許さないからね、この下着泥棒！」

コインランドリーも「花の湯」の施設の一部なので、晴之は見て見ぬフリができなかった。

「あのう、どうかしたんですか？」

ふたりの間に割って入り、怒っているほうの女に訊ねた。

「どうもこうもないわよ。この女がわたしの下着を盗もうとしたのよ、勝手に洗濯機を開けて……てゆーか、あんた誰？」

「この銭湯の親戚《しんせき》の者です。たまには手伝ったりしてまして」

「あら、そう」

女の剣幕がやわらいだ。

「ならちょうどよかった。この女、警察に突きだしてちょうだいよ」

「いや、その……お話次第では厳重な対処をさせていただきますが、とりあえず実害はないんですよね」

「実害がある前にわたしが見つけたの」

「では、あとは僕に任せてください」

「任せてって……大丈夫？　キミ、頼りなさそうだけど、しっかり締めあげてやってよ」

「了解です。任せてください」

怒り心頭の女をなんとかなだめて帰ってもらうと、

「……ふうっ」

晴之はわざとらしく溜息《ためいき》をついて、残った女子大生ふうの女を見た。いまにも泣きだしそうな顔で身をすくめ、上目遣いで晴之の顔色をうかがってくる。

「名前、なんていうんですか？」

「……矢口早智恵《やぐちさちえ》」

「黙ってると、下着泥棒にされてしまいますよ。言い訳したらどうです」

それでも早智恵が唇を閉じたままなので、晴之はもう一度わざとらしく溜息をついた。

「要するにあれでしょ？　間違えて使用中の洗濯機を開けたら、タイミング悪くさっきの人が戻ってきたんでしょ？　で、あまりの剣幕に驚いて黙ってたら、ますます怒りだして……」

フォローしてやったつもりだったのに、

「わたしが悪いんです」

早智恵は罪を認めてうつむいた。

「あの人が言うとおり、本当に盗もうとしてたし」

晴之の顔はひきつった。

（おいおい、マジかよ……）

てっきり誤解の類《たぐい》だと思っていたのに、本当に盗もうとしていたなら警察に突きださなければならない。

面倒なことになってしまった。営業中の銭湯の隣にあるコインランドリーに、いかつい顔の警官がぞろぞろとやってくるのはうまくないし、将来のある若い女を前科者にしてしまうのは気が引ける。

早智恵は黒髪に太い眉毛《まゆげ》をした、いまどき珍しい清純な雰囲気の女だった。純朴そうなと言ったほうが正確かもしれないが、とにかく泥棒をするようなタイプには見えない。

「そんなにムキにならなくてもいいじゃないですか？」

晴之はふっと笑いかけた。

「いまの人の言い方がキツかったんで、意固地になってるだけでしょ？　誤解ですよ、誤解。それでいいじゃないですか」

うやむやにして帰してしまおうとしたが、

「いいえ。わたしは盗もうとしました」

早智恵が頑《かたく》なに首を振りつづけるので、晴之は困り果ててしまった。

「年、いくつですか？」

「二十歳です」

同い年だった。

晴之はコホンとひとつ咳払《せきばら》いをしてから訊ねた。

「だいたい、どうしてコインランドリーで下着なんて盗もうとしたんだい？　気持ちが悪いじゃないか、人の穿いたパンツなんて」

同い年とわかったので、敬語を使うのをやめた。

「すごく綺麗なデザインだったんです」

早智恵は恥ずかしげにうつむきつつも、きっぱりと答えた。

「紫色のハイレグで、レースがとっても可愛くて……」

「買えばいいじゃないか」

「そうなんですけど……」

早智恵は口ごもった。

「わたし……異常に恥ずかしがり屋だから……デパートの下着売り場とか行けな

いんです……」

「まさか……」

晴之はピンときた。

「綺麗なデザインのランジェリーを盗んで、勝負下着にしようと思ったわけ？」

「……はい」

「いけないよ、それは。人のふんどしで相撲《すもう》をとるみたいな話じゃないか」

諭《さと》すように言いながら、晴之は内心でショックを受けていた。純朴そうに見えるのに、勝負をかけたい相手はしっかりいるらしい。まったく、最近の女は欲求不満の肉食系ばかりである。

「とにかく、警察呼んだりして大事《おおごと》にはしたくないから、もう二度としないって約束してもらえます？」

「……はい。すみませんでした」

早智恵が素直に頭をさげたので、晴之は内心で安堵の溜息をもらした。

しかし、コインランドリーを出ていこうとすると、袖をつかんで引き留められた。

「なんですか？」

「お願いがあるんです」

早智恵はすがるような上目遣いで言った。

「わたしの代わりにエッチな下着を買ってきてくれませんか？」

「はあ？」

晴之は素《す》っ頓狂《とんきょう》な声をあげた。

「わたし、さっきも言ったとおり、異常な恥ずかしがり屋だから、自分では買えないんです。でも勝負下着くらい着けないと、デートに臨む勇気もなくて……いま片思い中の彼がいるんですけど、その人に告白するために、どうしてもセクシーなランジェリーが必要なんです。自分を奮い立たせるためにも！」

晴之は啞然とした。なにが恥ずかしがり屋だ。初対面の男にそこまで図々しいお願いができるのなら、デパートの下着売り場に行くくらい朝飯前ではないのだろうか。

いや、それより頭にきたのは、彼女もまた、自分を踏み台にして片思いを成《じょう》就《じゅ》させようとしていることだった。

先ほど会ったばかりの優佳の笑顔が脳裏をよぎっていく。晴之の童貞を奪った勢いで片思い中の彼に告白し、いまはラブラブだと蕩けるような顔で言っていた果物屋の看板娘と、早智恵の図々しさがダブッて見える。

晴之は意地悪な気分になった。

せっかく恩情で盗みを見逃してやったのに、そこまで自分をコケにするなら、こちらにも考えがあるというものだ。

「まあね、買い物をしてくるのはやぶさかじゃないけど……」

もったいぶった口調で言うと、

「ホントですか！」

早智恵は瞳を輝かせて笑顔をつくった。

「ひとつ条件がある」

「なんでも言ってください」

「耳貸して」

晴之はあくまでもったいぶってコソコソと耳打ちした。

「ええっ？　わたしが銭湯の番台？」

早智恵が驚愕《きょうがく》で眼を丸くし、

「ああ、そうだ」

晴之は大仰《おおぎょう》にうなずいた。

「ランジェリーを買ってきてほしいという条件を呑むかわりに、一日だけ番台に座ってほしいんだ」

ちょうど、叔母からうってつけの話を聞いたばかりだった。三日後に所用で家を空けなければならないのだが、組合でも人手の都合がつかないらしく、「花の湯」を臨時休業しなければならないかもしれない、と相談されたのである。

だが、助っ人がいるとなれば、臨時休業は回避できるだろう。晴之が友達を連れてくると言えば、叔母はふたつ返事でうなずいてくれるに違いない。臨時休業をできるだけ避けなければならないのは、地元の生活に密着した銭湯だからである。

とはいえ、近所の常連客に迷惑をかけないために、そんなことを思いついたわけではなかった。

みずから「異常な恥ずかしがり屋」と言いきる早智恵が、番台に座ったらどんなリアクションをするのか見物であると思ったのだ。

「銭湯の番台って……当然男湯も……」

「丸見えだね」

晴之が言うと、早智恵はみるみる顔を真っ赤に染めた。

「まあ、嫌ならいいけど、それならこっちもお願いはきけないよ」

「そんな……」

「これは逆に、恥ずかしがり屋を克服するチャンスだと思うけどね」

晴之の言葉に、早智恵はハッと息を呑んだ。

「番台に座ることを想像しただけで真っ赤になってるようじゃ、片思いの彼氏に思いを告げるのなんてとても無理じゃないかな。せっかく勝負下着を着けていっても、なにも言えず、服も脱がされずに終わる可能性が高いと思うなあ」

したり顔で言いつつ、晴之はサディスティックな気持ちになっていた。彼女は自分を踏み台にして片思いを成就させようというズルい女だ。晴之の童貞を奪った勢いで彼氏をゲットした果物屋の看板娘と同じ人種なのである。せいぜい番台に座って、恥ずかしい思いをすればいい。

「……わかりました。勝負下着を買ってきてくれるなら、番台の仕事を手伝わせてもらいます」

結局、早智恵は晴之の意地悪な提案を受けいれることとなった。

晴之は「花の湯」の営業が終わると、深夜営業をしているディスカウントストアに駆けこみ、早速、勝負下着を探す仕事にとりかかった。晴之自身も女の下着など物色するのは恥ずかしかったが、すぐに興奮がそれを上まわった。

（おおっ！　すごいぞ、これは……）

純然たる下着コーナーではなく、アダルトグッズコーナーに卑猥《ひわい》な下着が並んでいるのを見つけたからだ。スケスケのものや、局部に穴が空いたものなどが目白押しで、それを清純タイプの早智恵が着けたところを想像しただけで、痛いくらいに勃起《ぼっき》してしまった。

2

東京の銭湯の営業開始時刻は、午後四時ごろが一般的だ。

叔母が所用で家を空けるその日、晴之は会社を早退して「花の湯」に駆けつけた。上司には「ボーナスの査定に影響するぞ」と嫌味を言われたが、かまっていられなかった。早智恵を番台に座らせる計画を実行に移す日なのだから、朝から浮き足立ってしかたがなく、仕事など手につかなかった。

早智恵は女子大生だったので、時間の融通がきいた。営業開始の三十分前に、いそいそと銭湯にやってきた。

「じゃあまず、約束のものから渡すよ」

ガランとした女湯の脱衣所で早智恵と相対した晴之は、ディスカウントストアの袋からランジェリーを取りだした。あえて包装してもらわず、プライスタグは取ってあり、そのまま着けられる状態だった。

「えええっ？」

早智恵は純情そうな顔をひきつらせ、晴之が指でつまんでいるものを凝視《ぎょうし》した。

唖然として返す言葉を失っているようだった。

それもそのはずである。晴之が買ってきたのは、真っ赤なパンティとブラジャーだったが、恥部を隠す面積が極端に小さく、しかもシースルー素材だから、下着というよりエロティックなコスチュームと言ったほうが近い。

「これ……ですか？」

早智恵は頬を羞じらいで赤く染め、咎《とが》めるような眼を向けてきたが、

「うん。勝負下着なら、これくらい大胆じゃなきゃね」

晴之は自信満々に胸を張った。

「僕は毎日番台に座って女湯を見てるけど、みんなそれはそれは派手な下着を着けてて、キャンディの包装紙みたいにカラフルなんだ。だからそれの上を行くとなると、これくらい大胆なものを着けないと」

早智恵はコインランドリーは利用しているが、銭湯を利用したことがほとんどないらしく、女湯の実態をよくわかっていなかった。晴之がつまんでいるスケスケの赤い布地を見つめ、眼を丸くするばかりである。

「早速着けてごらんよ」

晴之はささやいた。

「恥ずかしがり屋を克服するためには、こういうエッチな下着を服の下に着けて、番台に座ったほうがいいと思うんだよね」

「そうでしょうか……」

早智恵は怪訝《けげん》な表情で首をかしげた。

たしかにこじつけもいいところだと晴之自身も思ったが、譲るわけにはいかない。

「そうに決まってるって。せっかくのチャンスを逃しちゃダメだよ。僕は男湯に行くから、ここで着替えて」

晴之は強引に真っ赤なランジェリーを渡し、その場をあとにした。

無理を通して早智恵に着替えを迫ったのは、もちろん彼女の生着替えシーンをのぞくためである。

銭湯の天井は高いから、男湯と女湯の仕切りの上にスペースが空いている。仕切りの壁によじ登れば、簡単にのぞくことができるのだ。

（どれどれ、そろそろ脱いだかな？）

男湯で息を殺していた晴之は、タイミングを見計らって仕切りの壁によじ登った。ガランとした脱衣所でひとり、セーターを脱ごうとしている早智恵の姿が眼に飛びこんでくる。

（おおおっ！）

晴之は胸底で歓喜の雄叫《おたけ》びをあげた。

セーターの下から現れたブラジャーはベージュ色で、イマドキの女子大生にしては地味すぎるものだったが、驚くべき巨乳だったからだ。

Fカップや G カップは余裕でありそうだった。

それも、優佳のようなニセ乳ではなく、ふたつのカップに寄せてあげられた隆起が、眼も眩《くら》みそうな深い谷間をくっきりとつくっている。ブラジャーがはずされると、カップからこぼれた肉房が、プルルンと悩ましく揺れはずんだ。

（すげえ……すげえよ……）

真っ黒い髪に太い眉毛の純情そうな顔をしているくせに、グラビアアイドルも顔負けなくらいたわわに実った巨乳である。

続いてロングスカートが脚から抜かれると、豊満すぎるヒップとむっちりと肉感的な太腿に、度肝《どぎも》を抜かれた。

着瘦せするタイプだったらしい。

服を脱いだ瞬間、とびきりのグラマーがそこに現れた。

果物屋の優佳とは完全に真逆である。

優佳の場合はブラジャーにたくさんのパットを詰めこんで巨乳を偽装していたが、早智恵の場合は服がざっくりしすぎて体のラインがよくわからなかったのだ。おまけにセンスも垢抜《あかぬ》けないから、まさかこれほどのダイナマイトボディが隠されていたとは夢にも思っていなかった。

早智恵がベージュのパンティをそそくさと脱ぎ、股間の黒い草むらが見えると、晴之の体は興奮に震えだした。

彼女のオールヌードが拝めたから、だけではない。

いよいよこれから、早智恵はその垂涎《すいぜん》のボディに、晴之が買ってきたエロティックすぎるランジェリーを着けるのである。

「はあ……」

早智恵は小さすぎる赤い布をまじまじと眺めて深い溜息をひとつついてから、それを着けた。

まずはブラジャーだ。ほとんど紐《ひも》だった。

赤い三角形の布地は乳首だけを隠すことができるサイズで、しかもスケスケのシースルーだ。

パンティはさらにきわどく、TバックのTフロントで、ヴィーナスの丘だけをかろうじて隠すバタフライタイプ。こちらもシースルーだから、赤い生地に透けた黒い草むらがいやらしすぎる。

「やだ……」

鏡を見た早智恵は、羞じらいに顔をひきつらせた。肩も腕もわなわなと震えている。

これならば下着など着けないほうがマシではないか、という心の声が聞こえてきそうだった。まさしく、裸でいる以上にいやらしく飾りたてられたグラマスなヌードが、女湯の大鏡には映っていた。

(たまらないよ、これは……)

晴之はもはや、瞬きも呼吸も忘れて、その艶姿《あですがた》をむさぼり眺めるばかりだった。これぞ勝負下着、と胸底で快哉《かいさい》をあげていた。これほどセクシーな下着姿は、銭湯の番台に座っていてもお目にかかったことがない。

とはいえ、実際にベッドインした女が、こんな下着を着けていたら引くだろう。淫乱か痴女か、あるいは露出プレイを好む変態性欲者か、それくらいしかこんな下着を愛用している女は思いあたらない。

銭湯の営業が始まり、早智恵は番台に座った。

外が明るいうちにやってくるのは、おじちゃん、お婆ちゃんばかりだから、緊張することもないだろうと思っていたが、早智恵の顔があまりに赤いので、晴之は予備の伊達メガネを貸してやった。ごつい鼈甲製なので、早智恵の小さな顔は半分近く隠れた。

(きっと下着のせいもあって緊張してるんだろうな……)

早智恵は地味なセーターとスカートの下に、晴之が買ってきた赤いスケスケランジェリーを着けている。

晴之の頭からは、早智恵のヌードが離れなかった。純情そうな顔に似合わない、驚くべき巨乳だった。あれほどたわわなふくらみの持ち主なら、セクシーランジェリーよりも、胸の大きさを強調する服でも買ったほうが、よほど男にモテるのではないだろうか。ベッドインした男だって、あれほどの巨乳なら下着なんて眼に入らず、すぐさま生乳を拝みたくなるに決まっている。

（いや……）

晴之は胸底で苦笑をもらした。たしかにそういう一面はあるだろうが、先ほど早智恵が着けていた生活感あふれるベージュのブラジャーを思いだすと、やはり残念な気分になってしまう。女子大生なのだから、せめてもう少し華やかさがほしい。

やがて銭湯が賑わってきた。

夕方五時から六時ごろは、職人系の男たちが大挙して押しかけてくる。工事現場で働いたり、市場で働く男たちで、彼らは朝が早いから、普通のサラリーマンより早いタイミングでひとっ風呂浴びるのである。

肉体を使って働く男たちだけに、みないい体をしていた。ムキムキの筋肉質で、どういうわけかイチモツまで立派だ。照れて隠したりせず、威風堂々とぶらんぶらんさせている様子は壮観であり、男の晴之でさえ気圧《けお》されてしまう。

女の早智恵に至っては、伊達メガネをかけていても顔の紅潮を隠しきれないほどだった。気持ちはよくわかった。異性の裸をこれほど大量に見る機会など、銭湯の番台にでも座らなければあり得ない。

「牛乳もらうよ」

風呂上がりの男が、威勢よく番台に小銭を置き、ガラス張りの冷蔵庫から牛乳を取る。栓を開け、腰に手をあててゴクゴクと一気に飲んでいく。股間では黒いイチモツがぶらぶらしている。あまりに男らしい姿に、伊達メガネの奥で早智恵の瞳がじゅんと潤んだ。

（おいおい、興奮してるんじゃないか……）

眼つきや顔つきが妙に色っぽくなり、もじもじと体まで揺すっている様子が疑惑を誘った。もしかすると股間まで疼《うず》かせて、熱い分泌液を漏らしているのかもしれない。

3

午前零時過ぎ。

男湯の最後の客があがったので、晴之は洗い場の掃除を始めた。

番台に座っていることの次に好きな時間だった。

黄色い桶に湯船からお湯を汲み、ザバーンと床に流す。デッキブラシをかけては、またお湯を流していく。思いきり流すので、とても豪快な気分になる。

男湯の掃除を終えると、ちょうど女湯の最後の客も帰ったところだった。

「お疲れさま」

晴之は入口の電気を消し、番台に座っている早智恵に声をかけた。

「せっかくだから、掃除も手伝ってくれないかな。けっこう楽しいから」

「はあ」

番台から降り、伊達メガネをはずした早智恵は、なんだか放心状態だった。

(まあ、俺も最初はこんな感じだったよな……)

なにしろ、いままでの人生で、もっともたくさん異性の裸を見たのである。しかも生身で、モザイクなしのモロ出しなのだ。彼女は奥手のようだから、生涯忘れられない一日になったことだろう。

ふたりで女湯の洗い場に向かった。

「スカート、濡れないようにしたほうがいいよ」

晴之がロングスカートを指差して言うと、早智恵はうなずいた。スカートの裾《すそ》をたくしあげて結んだ。剝きだしになった生脚《なま》が、妙に艶めかしかった。

「じゃあ、僕がお湯を流すから、こいつで床をこすって」

晴之は早智恵にデッキブラシを渡し、彼女が床をこすりはじめると、湯船から桶でお湯を汲み、ザザーッと豪快にかけた。

「ふふっ、ホントに楽しい」

額に汗を浮かべてデッキブラシをかけているうちに、早智恵は放心状態から回復し、生気を取り戻していった。

「なんか、小学校のときのプール掃除を思いだしちゃう」

「ああ、そうだね」

晴之は相槌《あいづち》を打ちつつも、まったく別のことを考えていた。たくしあげられたスカートから伸びた生脚が、お湯を浴びてさらに艶めかしさを増していた。もっと濡らしてやろうと足元にかける。

「きゃっ、意地悪っ！」

と言いつつ、早智恵も楽しそうにはしゃいでいる。

だが、足元にシャボンが残っていたらしく、次の瞬間、前のめりに転んだ。まるで野球のヘッドスライディングのように晴之の足元まですべってきた。

それだけなら、まだよかった。

すべる途中でジタバタあがいたせいで結んでいた裾がほどけ、スカートが大胆にめくれてしまったのだ。

鏡餅をふたつ並べたような豊満な尻丘が露《あらわ》になった。桃割れにパンティの赤い紐が食いこんでいた。極端なTバックなので、尻が完全に丸出し状態だった。

晴之は立ちすくんだまま動けなくなった。ただズボンの下のイチモツだけが、すさまじい勢いで大きくなっていく。

「いやーん」

早智恵は泣きそうな顔で体を起こした。セーターもスカートも、体の前面が流したお湯でびしょ濡れだった。

「パンツ見たでしょ?」

スカートを直しながらキッと睨《にら》まれ、晴之は息を呑んだ。

「いや、パンツは……」

ひきつった顔を左右に振る。

「Tバックだったから、お尻が丸出しで……」

早智恵の顔がカアッと赤くなった。

「いや、もう……ひどいっ!」

早智恵は立ちあがって叩いてこようとしたが、晴之はそれより早く彼女のセーターの裾をつかんだ。

「脱いだほうがいい、風邪ひいちゃうから」

「やめてっ！　なにするのっ！」

早智恵はいやいやと身をよじった。しかし、足の裏にシャボンの残滓《ざんし》がついたままらしく、よろめいて抵抗できない。

「大丈夫だから。服なら叔母さんのやつを借りてあげるから」

「ああああーっ！」

セーターを頭から抜くと、早智恵は悲鳴をあげた。晴之も悲鳴をあげたかった。

（す、すげえ……）

眼の前に現れた巨乳に、度肝を抜かれた。たわわに実っているのに前に迫りだして、すごい迫力だ。

小玉スイカがふたつ並んで付いているような感じで、しかも乳首を隠しているのは、ごく小さな赤いスケスケランジェリーなのである。隠しているというより、いやらしく飾りたてていると言ったほうが正確かもしれない。

「下も……下も脱がなくちゃ」

晴之はすかさずスカートのホックをはずし、脚から抜いた。スケスケランジェリーの破壊力は、ここに極まった。ヴィーナスの丘を飾るハート形の草むらが、赤い生地から悩殺的に透けていた。

「やだもうっ！　見ないで」

早智恵は胸と股間を手で隠し、もじもじと体を揺すった。

いける、と晴之は内心でガッツポーズをつくった。

かなり強引に服を脱がしたのに、早智恵が本気で怒らなかったからだ。それどころか、眼の縁をねっとりしたピンク色に染めている。むちむちしたグラマーボディ全体から、甘ったるい発情のフェロモンが漂ってくる。

（ははーん、そうか……）

晴之は彼女の気持ちを理解した。衝動的に服を脱がしてしまったけれど、早智恵にしても欲情していたのだ。

なにしろ、つごう八時間ばかり番台に座って男の裸を見続けていたのだから、欲情するなというほうが無理な相談である。晴之も最初に番台に座った夜は、欲情しすぎて一睡もできず、朝まで何度となくオナニーに耽《ふけ》ったものだ。

ならば遠慮はいるまい。

叔母は今夜外泊なので、時間はたっぷりとある。

「せっかくだから、背中でも流してあげようか?」

晴之が甘くささやくと、

「えっ?　背中……」

早智恵は恥ずかしげに顔をこわばらせつつも、いやらしいくらいねっとりと濡れた瞳を向けてきた。


銭湯の広々とした洗い場は異様な静けさに包まれている。

営業を終え、晴之と早智恵のふたりきりだからまわりはガランとしているに決まっているが、豪快にお湯を流して掃除をしていたときは、たったふたりでもむしろ賑やかな雰囲気だった。

だが、にわかに静寂が訪れた。

背中を流すことを受けいれた早智恵が、垂涎のグラマーボディを飾ったスケスケランジェリーを脱ごうとしているからだ。着けているほうが裸よりむしろ恥ずかしいような下着だったが、脱ぐとなればやはり緊張が走る。

「やだ、もう……」

羞じらいに身をよじりつつ、紐状のブラジャーをはずした。すぐに手で隠したが、巨乳によく似合う大きな乳暈《にゅううん》が見えた。色はくすんだピンクだった。

続いてパンティも脱ぐ。シースルーの生地に透けていたのでハート形であることはわかっていたが、黒々と輝く色艶《いろつや》がいやらしすぎる。

「そんなにジロジロ見ないでください」

早智恵は唇を尖《とが》らせて言うと、両手を使って乳房と股間を隠し、晴之に背中を向けてカランの前の椅子に座った。

晴之はごくりと生唾を呑みこんだ。見ないわけにいくはずがなかった。隠しても隠しきれない迫力の巨乳を鏡越しにむさぼり眺めながら、両手でシャボンを泡立てていく。

「じゃあ、洗いますよ」

「ううっ……」

早智恵は赤くなった顔をさらに歪めた。銭湯の番台に座りに来て、まさか背中まで流される展開になるとは思ってもみなかったのだろう。

それは晴之も同じだったが、こちらは思ってもみない幸運だった。

なにしろ早智恵は、類《たぐ》い稀《まれ》なる巨乳の持ち主だ。女の価値は乳房の大きさでは計れないとはいえ、たわわに実ったふくらみを前にすると、さすがに浮き足だってしまう。

「……あんっ！」

背中にシャボンを塗りたくると、早智恵は声をあげて伸びあがった。だがすぐに極端な猫背になり、自分で自分を抱きしめた。ヌルリ、ヌルリ、と背中に手のひらがすべるほどに、呼吸が荒くなっていく。

「あ、あのうっ……」

絞り出すような声で訊ねてきた。

「どうして、タオルを使わないで、直接手で洗ってるんでしょうか？」

「そのほうが肌を傷つけずに綺麗に洗えるからだよ。知らないかい？　銭湯では常識なんだけどなあ」

晴之はさも当然のように答えたが、いい加減な理屈だった。要するに、直接肌に触りたかっただけだ。それもシャボンでヌルヌルになった手で撫でまわせば、最高の触り心地が味わえるだろうと思ったのだ。

（たまらないよ……）

目論見《もくろみ》は的中した。

女子大生の早智恵の肌は、ただでさえ湯玉をはじくほどぴちぴちしていたが、シャボンによってひときわ艶めかしい触り心地になっている。ヌルリ、ヌルリ、というなめらかな感触が、勃起しきったペニスに熱い脈動を刻ませる。

「あ、あのうっ……」

早智恵が再び絞りだすような声をあげた。

「変なところ触らないでください……そこは……そこは背中じゃないです」

「いや、でも……」

晴之は彼女の両脇に手を差しこもうとしていた。シャボンにヌメる素肌の触り心地に興奮しすぎて、乳房まで触手《しょくしゅ》を伸ばしたくなったのである。

「ああんっ、くすぐったいっ！」

しかし早智恵は、晴之が両手を脇に差しこもうとすると、頑《かたく》なに身をよじって拒んだ。洗うのは背中だけ、と言いたいようだが、いまさら羞じらっても遅すぎる。

（わかってるんだよ。そっちも興奮してるんだろう？　番台から数えきれないほどのチ×ポを見て……）

晴之は胸底でつぶやくと、首筋をコチョコチョとくすぐった。

「きゃっ！」

早智恵はすかさず防御しようとしたが、残念ながらフェイントだ。両手があがった瞬間、晴之はやすやすと彼女の両脇を落とし、ふたつの胸のふくらみをすくいあげた。

「あああっ！」

鏡に映った早智恵の顔が可哀相なくらい赤くなる。

「ほーら、遠慮しないで。体中綺麗に洗ってあげるから」

シャボンでヌルヌルになった手指で揉みしだくと、

「ああんっ、いやんっ！　ダメッ……そこはダメえええっ……」

早智恵は悲鳴をあげていやいやをしたが、呼吸は妖しく高ぶっていった。揉めば揉むほど乳首が硬く尖ってきて、感じているのを隠しきれなくなっていく。素肌が欲情のピンク色に染まり、首筋に汗が浮かんでいる。

「ねえ、許してっ……そ、それ以上されたらっ……」

早智恵が鏡越しにすがるような視線を向けてきたので、晴之は勝利を確信した。濡れた瞳から、生々しい欲情が伝わってきたからだ。

「ククッ。これ以上されたら、なんだっていうんだい？」

泡まみれの指で尖った乳首をつまみ、プチッ、プチッ、と指の間からはじいてやると、

「あああっ……」

早智恵は喜悦に全身を小刻みに震わせ、たわわに実った胸のふくらみを、タプンタプンと波打たせた。

（しかしデカい……）

晴之は心の底から感嘆しながら、両手を動かした。興奮のあまり、額《ひたい》にじっとりと汗が浮かんでくる。

見た目以上に、触ると大きな巨乳だった。片手ではとてもつかみきれないし、バウンドすると重量感に圧倒される。見かけ倒しではなく肉がびっしりと詰まって、卑猥なほどに弾力がある。

「ああっ、ダメえっ……ダメえええっ……」

おまけに感度も最高らしく、早智恵の顔はみるみる淫《みだ》ら色に紅潮していった。

眼尻を垂らし、口を半開きにした顔が、たまらなく悩ましかった。

（もしかして……）

このまま責めつづければ、乳首だけでイッてしまうのではないかと思った。童貞に毛が生えたような晴之だけに、そんな大それた夢を見てしまった。

「待ってっ！」

早智恵が切羽つまった声をあげて振り返った。欲情に潤みきった眼をきりきりと細めて睨んできた。

「わたしばっかり洗われるのってズルい。今度はわたしに洗わせて」

「えっ……」

晴之は虚を突かれ、一瞬返す言葉を失った。いままでいやいやと身をよじっていたはずなのに、なんと大胆なことを言いだすのだろう。

「さあ、早く」

早智恵は呆然《ぼうぜん》としている晴之の体からセーターとTシャツを一緒に脱がし、ズボンのベルトにも手をかけてきた。あれよあれよという間にブリーフ一枚にされ、前をもっこりさせたその薄布まで奪われてしまう。

「まあっ！」

ブーンと反り返ったペニスを見て、早智恵は眼を丸くした。

「なんていやらしいの。背中を流してあげるなんて言って、こんなにオチンチン大きくしてるなんて……」

キッと睨みつけられ、

「あっ、いやっ……そのう……」

晴之はしどろもどろになってしまった。

イニシアチブを握っていたとはいえ、所詮《しょせん》は童貞を失ったばかりのセックス初心者だった。ペニスを明るいところで見られることに慣れておらず、情けなく腰を引き、女のような内股になっていく。

「さあ、今度はあなたが椅子に座って。その大きくなったものを洗ってあげるから」

「あっ、いやっ……」

早智恵が伸ばしてきた手を反射的に避けようとした晴之は、床のシャボンに足をとられ、スッテンコロリと転んでしまった。

「痛《いて》えぇっ……」

したたかに打った腰をさすり、泣きそうな顔になったが、次の瞬間、

「うわっ！」

と声をあげた。早智恵が抱きついてきたからだ。巨乳をタプタプと揺らしなが

ら、床に転がった晴之に体を重ねてきた。

「逃がさないからね」

早智恵はもはや欲情を隠しもせず、シャボンまみれの巨乳を晴之の胸板にこすりつけてきた。たわわなふくらみをヌルヌルとすべらせ、尖った乳首まで押しつけてくる。

（これはっ……これはまさしくソープの泡踊り……）

晴之は身悶えながら、夢にまで見たソープランドの光景を思いだしていた。銭湯の景色が、一瞬にして桃色に輝くエロスの殿堂に早変わりした。

「最初からわたしとエッチするつもりだったんでしょ？　あんないやらしい下着買ってきたり、番台に座らせたり」

「いや、そのっ……」

晴之はこわばった顔をどこまでも歪めることしかできない。

早智恵が石鹸を手に取り、晴之の体に塗りたくりはじめたからだ。胸板から腰、尻に太腿と、ヌルヌルした手指がいやらしすぎる触り方で全身を這いまわっていく。

「その気にさせたんだから、きちんと責任とってちょうだいよ」

「おおおっ！」

シャボンまみれの手指がペニスに襲いかかってくると、晴之は雄叫びにも似た声をあげてしまった。

ヌルン、ヌルン、と泡まみれの指が、ペニスの上ですべる。根元から裏筋、敏感なカリのくびれまで隈無《くまな》く撫でまわしては、すりすりといやらしくしごいてくる。

「おおおっ……おおおおっ……」

晴之はたまらずだらしない声をもらし、身をよじらせた。

自分の情けなさが嫌になってくる。早智恵に意地悪をしているつもりが、あっという間に形勢逆転、急所をつかまれて悶絶させられている。しかし、情けないけど気持ちいい。

「いやんっ、どんどん硬くなってくる……」

シャボンまみれの体で抱きついてきた早智恵は、ここが銭湯の洗い場であることも忘れた様子で、すっかり淫らな泡踊りプレイの虜《とりこ》になっていた。ペニスをしごくだけでは飽きたらず、ヌルヌルの巨乳を晴之の胸板に押しつけては、吐息を高ぶらせる。

「ねえ、して。わたしにもしてよ……」

淫らな顔で愛撫をねだられ、

「あ、ああ……」

晴之はうなずいて巨乳をつかんだ。

片手ではとてもつかみきれないふくらみをむぎゅむぎゅと揉みしだくと、豊満な乳肉とすべるシャボンが卑猥すぎるハーモニーを奏《かな》でた。

すぐに乳房を揉むだけでは満足できなくなり、右手を下肢にすべらせていく。シャボンまみれの手でまさぐると、丸々と張りつめた尻丘も、むっちりと肉づきのいい太腿も、呆れるくらいにいやらしい撫で心地がした。

「ああんっ……ううんっ……」

触られているほうも感じるらしく、早智恵は甘酸っぱい吐息を撒《ま》き散らしながら、悩ましげに身をくねらせた。脚をからめて、晴之の太腿に股間をこすりつけてきた。

(おおおっ！)

太腿をシャボンまみれの恥毛がくすぐり、晴之は息を呑んだ。

「ねえ、ここも……ここも触って……」

もはや先ほどまでの羞じらい深さが嘘のように、早智恵は積極的になってい
た。むろん、求められて応えなければ男がすたる。晴之はシャボンにヌメる右手
の指を彼女の股間に這わせていった。
（なんて触り心地だ……）
草むらでシャボンを泡立てると、ぞくぞくするほど卑猥な気分になった。男の
股間と違い、繊毛が生えているのが、こんもりと盛りあがった丘だからだろう。
じっくりもてあそんでから、奥にある秘所に侵入していった。そこはシャボン
が必要ないくらい、熱い発情のエキスでヌルヌルに濡れまみれていた。
「はぁあああっ！」
早智恵が身悶えて声をあげる。股間の刺激に応えるように、握りしめたペニス
をヌルヌルとしごいてくる。
「むうっ！」
晴之も顔を真っ赤にして、右手の指を躍らせた。泡と蜜にまみれた花びらは、
まるで貝肉のような感触で、気が遠くなりそうなほどいやらしい触り心地がし
た。それを掻き分け、肉の合わせ目にある女の急所を探った。ヌルヌルと刺激し
てやると、

「ああんっ、いやあーんっ！」

早智恵は銭湯の高い天井に届くくらい、甲高《かんだか》い悲鳴を響かせた。みずから両脚をM字に開いて、ガクガクと腰を震わせた。

「ああっ、いいっ！　いいいいっ……」

「むうっ！」

お互いに顔を真っ赤に上気させ、性器をまさぐりあった。シャボンにまみれた素肌と素肌をこすりあわせ、熱い吐息をぶつけあった。

4

ザバーンと勢いよく早智恵の体にお湯をかけた。

黄色い桶を持った晴之は、湯船で汲んだお湯を自分にもかけ、シャボンを洗い流した。

その間、お互いに無言だった。

銭湯の洗い場でソープランドも顔負けの泡踊りプレイに興じたふたりは、欲情しすぎて無口になっていた。

さすがに泡まみれの性器を結合するわけにはいかなかったので、洗い流すことにしたのだが、そのたった一分ほどの時間がもどかしく感じるくらい、ふたりの興奮は最高潮に達していた。

「横になって」

早智恵にうながされ、晴之はタイルの床にあお向けになった。

(騎乗位か……)

自分にまたがってくる早智恵を眺めながら、晴之は大きく息を呑んだ。本当は自分が上になりたかったが、まだ童貞を喪失したばかりの初心者なので、ここは彼女に任せておくほうが賢明だろう。

ところが、またがり終えた早智恵の姿を見て仰天した。両膝を立てたM字開脚で、結合しようとしてきたからだ。

「なんて……なんてはしたない格好で……」

思わず口走ってしまうと、

「だってタイルに膝をつくと痛そうじゃない」

早智恵は顔をそむけて言い訳したが、恥ずかしげな表情と丸見えの結合部があまりにもチグハグであり、そのギャップが猛烈なエロスを醸《かも》しだしていたので、晴之は言葉を継げなくなった。

（いやらしい……なんていやらしい眺めだ……）

Ｍ字開脚の中心で、アーモンドピンクの花びらが亀頭《きとう》にぴったりと吸いついていた。恥毛が濡れて肌に張りついているから、そんなところまでよく見えた。

「んんんっ！」

早智恵が腰を落としてくる。女の割れ目にそそり勃《た》ったペニスがずぶずぶと埋まりこんでいく。

（食べられるっ……俺のチ×ポが食べられるううっ……）

晴之は胸底で絶叫した。鼻血が出そうな光景だった。あまりの興奮に、咥えこまれていきながら、ペニスがはちきれんばかりに野太さを増していく。

「ああんっ、大きいっ！」

根元までずっぽりとペニスを呑みこむと、早智恵は類い稀な巨乳をタプタプと揺らした。まるでペニスの硬さを嚙みしめるように、ぐりんっ、ぐりんっ、と腰をまわした。

「あああっ……き、きてるっ……奥まできてるっ……いちばん奥まで届いてるうううーっ！」

淫らな声をあげながら、すかさず腰の使い方を本格的にした。

M字開脚の中心をしゃくるようにして、クイッ、クイッ、と股間を動かし、呑みこんだペニスを濡れた肉ひだでこすってくる。

(なんだ……なんだこの腰使いは！)

純情そうな顔をして、腰振りのテクニックはAV女優並みだった。M字開脚での結合はバランスをとるのが難しそうなのに、ものともせずに腰を振る。ねちっこく振りたてては、ぐりんっ、ぐりんっ、とまわしてくる。

おまけに早智恵の中は、シャボンにも負けないくらいヌルヌルしていた。早智恵が腰を振りたてるほどに、濡れた肉ひだがざわめき、吸いつき、ぎゅうぎゅうと締めつけてくる。

「おおおおおっ……」

興奮しきった晴之は、両手を巨乳に伸ばした。蜜壺のヌルヌルに身をよじりながら、たわわに実った乳肉を揉みくちゃにした。

「ああんっ！」

早智恵は身悶えつつも、腰の動きをとめようとしない。

たまらなかった。

二度目のセックスだから少しは余裕をもって臨めるだろうと思っていたのに、

早智恵の腰振りに翻弄《ほんろう》され、晴之の頭の中は気がつけば真っ白だった。

ずちゅっ、ぐちゅっ、という卑猥な肉ずれ音が次第に遠くなっていき、ただ為《な》すがままに愉悦の海に溺れていく。両手につかんだ巨乳の感触が、ペニスをどこまでも硬くしていく。

「はぁあううう一っ！　いいっ！　イッ、イッちゃうっ……もうイッちゃううううー っ！」

早智恵が恍惚《こうこつ》に達すると、ぎゅっと締まった蜜壺の食い締めに、射精をこらえきれなくなった。煮えたぎる欲望のエキスを、早智恵の中にドピュドピュと注ぎこんだ。

第三章　変態女、出没

1

溜息をこらえることが、これほどしんどいとは思わなかった。

白髪のカツラに鼈甲《べっこう》メガネで変装した晴之は、「花の湯」の番台にちんまりと座っている。

女湯をチラリと見れば垂涎《すいぜん》のヌードショーが繰りひろげられているが、今日ばかりは淫らな気分になれそうもなかった。

先ほど、早智恵からメールが届いたからである。

『ありがとう！　晴之くんのおかげで片思いの彼とうまくいっちゃった。赤いスケスケランジェリーで悩殺して、お風呂でヌルヌルプレイをしてあげたら、もうわたしの虜《とりこ》よ。ホント晴之くんのおかげね。感謝します』

それはよかったですね、おめでとうございます、とレスをする気にはとてもなれなかった。

一週間前、この「花の湯」の洗い場で、晴之と早智恵は合体した。

隠れ巨乳の早智恵のボディは、シャボンにまみれると呆《あき》れるほどにいやらしい触り心地になった。見た目と違って大胆で、M字開脚の騎乗位でオルガスムスに昇りつめていく彼女の姿が、いまでも瞼《まぶた》の裏側に焼きついている。

別れ際、早智恵はたしかに片思いの男に告白するようなことを言っていたが、晴之は失敗すればいいと思っていた。

いや、一日番台に座ったくらいで恥ずかしがり屋な性格が突然に変貌《へんぼう》するわけもなく、告白する勇気が出ないまま、晴之のところに戻ってくるだろうと確信していた。

それがどうだ。

優佳に続いて早智恵までも、自分を踏み台にして意中の男を射止めてしまったのである。

おそらく、M字開脚の騎乗位のせいだろう。あそこまで恥ずかしいことをしてしまえば、もうなにも恐れることはない。

それにしても、こんな残念なオチばかり続くと、番台に座っているのがかえって苦痛に感じられてくる。

思えば、童貞時代は天国だった。女の裸を見るだけで鼻血が出るほど興奮し、家に帰ってオナニーのおかずにしていればよかった。

しかし、女体を見て楽しむだけではなく、抱いて愉悦を共有することを知ってしまったいまとなっては、決して手が届かない裸体が眼の前にあるのは拷問にも近い。ものすごく空腹の状態で、眼の前にご馳走が並んでいるのに、手を縛られて食べられないのと同じだからである。

(立てつづけに二回も据《す》え膳《ぜん》に与《あずか》っちゃったからなあ。当分ラッキーはないだろうなあ。しばらくコイツが恋人か……)

右手を開いてじっと見つめると、溜息どころか熱いものがこみあげてきて、伊達メガネのガラスが白く曇った。

ガラガラと女湯の扉が開くと、

「いらっしゃい」

晴之は抑揚のない低い声で言った。

機械になろうと思った。早智恵の一件から立ち直るまでは、マシーンのように番台の仕事をこなすしかない。

しかし――。

番台に金を置いた女を見て驚いた。

（嘘だろ……）

女は同じ会社に勤めているＯＬ、真鍋淳子《まなべじゅんこ》だった。

彼女が住んでいるのはこの近所ではないはずで、その証拠に自前の洗面道具を持っておらず、使い捨ての石鹸やシャンプーの小ボトル、タオルなどを番台で買い求めた。出先で急に風呂に入りたくなったのかもしれないが、それにしても恐ろしい偶然である。

真鍋淳子は嫌な女だった。

晴之は昼間、倉庫管理の仕事をしている。

作業着を汗まみれ、埃《ほこり》まみれにして働くキツい肉体労働で、従業員は男ばかりだが、事務所には女が三人いた。

ひとりは社長の奥さんで、もうひとりが勤続十年の淳子、そして、社長の遠縁で田舎から出てきたばかりの前沢栄美《まえさわえみ》である。

栄美はかなり可愛い女だった。

まだ十八歳だし、健気《けなげ》で素直で純粋無垢な木綿《もめん》のハンカチーフのような子なのだが、彼女にいつも意地悪をしているのが淳子だった。

淳子は三十二歳。顔立ちは整い、スタイルもよく、美人と言っても過言ではないし、実際、十年前に働きはじめたころは男子従業員たちのアイドル的存在だったらしい。

「そりゃあもう、二十代半ばまでの淳子は輝くばかりの美人でね、掃《は》きだめに鶴って言葉がぴったりきたよ」

古参社員の証言だ。

「大げさじゃなくて独身の男全員から毎日のようにデートに誘われていたんだが、淳子はお高くとまって誰のことも相手にしなかった。まあ、あれだけの美人だから、外に男がいて、そのうち寿《ことぶき》退社するんだろうって噂してたんだが、どういうわけか十年もこの会社に居座ってる。売り時を間違えたのさ。顔はよくても性格が悪いからなあ」

とはいえ、淳子にとって会社の居心地は悪くなかったらしい。社内での評判が悪くても、取引会社の人間は事務所を訪れるたびに淳子を褒める。「眼の保養になるよ」とお世辞を言う。

だが、十八歳の栄美の登場で、「眼の保養」係も、「掃きだめに鶴」係も、すっかり奪われてしまったのだ。

純粋に美人度だけを比べれば淳子に軍配があがるのだが、紺のベストに白いブラウスという事務服は、若々しさや初々《ういうい》しさを強調するようにできているらしく、栄美の可愛らしさをアップさせ、淳子の年齢を暴《あば》いてしまうのである。

当然、淳子はおもしろくない。

若くてなにもわからない栄美を、日課のようにいじめている。社長の親戚なので表立ってはしなくても、お茶の淹《い》れ方が悪いだの、挨拶の仕方がなってないだのと、事務所の裏に呼びだしてネチネチと説教をし、見かねた男子従業員が注意すると、

「わたし、栄美ちゃんの教育係を社長に任されているんです」

ツーンと鼻をもちあげて答えるのだった。

最悪のお局様《つぼねさま》である。

そのお局様が、晴之が番台に座っている銭湯にやってきた。

彼女はたしか世田谷《せたがや》に住んでいるはずで、「花の湯」があるのは東京の反対側の下町だった。なぜこんなところで風呂に入ろうとしているのか意味がわからなかったけれど、呆然としている晴之を尻目に、黒いセーターを脱ぎはじめた。

燃えるようなワインレッドのブラジャーが露《あらわ》になった。

(なんてすごいおっぱいなんだ……)

番台に座った晴之は、その砲弾状に尖《とが》った胸の形に悩殺され、まぶしいほど白い素肌に視線を釘づけにされてしまった。

ワインレッドのブラジャーに包まれていた乳房は、ブラジャーが取られてもその美麗な形を崩さなかった。裾野にはたっぷりと量感があるのに、ツンと上を向いている。高い位置についた乳首が、ブラジャーと同じ色に熟れていてたまらなくセクシーだ。

さらに下半身である。

まず腰がいやらしいほどくびれていた。ワインレッドのパンティに包まれたヒップは丸々とボリューム満点なので、鋭くくびれて見える。

パンティはつやつやした光沢があるシルク製だったから、こんもりと盛りあがったヴィーナスの丘の形状がすさまじくエロティックだった。

俗に言う「モリマン」というやつであろうか。嘘かホントかモリマンは名器の印などとも言われているが、パンティの中になにか入れているのではないかと勘ぐりたくなるほどの土手高《どてだか》である。

もちろん、パンティの中にはなにも入っていなかった。

いや、入っていた。

淳子が屈み、くびれた腰をひねりながらパンティをおろしていくと、モリマンを飾る草むらが現れた。

フッサフサだった。これほど毛深い女は番台に座っていても見たことがない、と晴之は思ったが、どうやら単に毛深いだけではないようだった。

毛が逆立っているのだ。

いままでパンティに押さえこまれていたはずなのに、逆三角形に茂った縮毛が怒ったときのハリネズミのようになっている。

（エロい……エロすぎるよ……）

晴之はごくりと生唾を呑みこんだ。

美女と剛毛という組みあわせだけでも卑猥《ひわい》なのに、その毛をすべて逆立てられていてはたまらなかった。

会社の男子従業員がたいていそうであるように、晴之は栄美のファンであり、彼女に意地悪ばかりしている淳子のことが嫌いだったが、勃起してしまった。痛いくらいに硬くなり、ズキズキと熱い脈動を刻みだした。

時刻は午後九時をまわったばかり。

この時間はみんなテレビを見ているらしく、いつも比較的すいているのだが、今日は視聴率四十パーセント超えの人気ドラマがあるせいで、女湯には淳子ともうひとりの客がいるだけだった。

淳子はガラス戸を開けて洗い場に入っていくと、もうひとりといちばん離れたカランの前に座った。

それが番台からいちばん近い場所だったので、晴之は心の中でガッツポーズをつくり、番台に座っている幸運をしみじみと嚙みしめた。

なにしろこれから、淳子が体を洗うシーンをじっくり拝めるのだ。

いくら美人でも、女が股間を洗っている姿はあまり格好のいいものではない。それにあれだけの剛毛だから、時間も手間もかかるだろう。想像しただけで卑猥な笑いがこみあげてきて、こらえるのに苦労した。

黄色い桶を持ちあげ、淳子は裸身に湯をかけた。

眼にしみる白い肌が湯の光沢でさらに艶《なま》めかしく飾られ、晴之に眼福《がんぷく》の至福を与える。湯が乳房にかかり、赤く熟れた乳首の先からポタリ、ポタリと滴《しずく》が垂れていく様子がたまらなく色っぽい。

（すげえよ。見た目だけなら、すこぶるいい女だよ、淳子さん……）

晴之はほとんどうっとりして淳子のことを眺めていた。体を洗っている美女は、ただ眺めているだけで一幅の絵画のようだ。

（おっ、ついに……）

淳子の右手が股間に伸びていった。身震いを誘うほどのモリマンと、見事に黒々と茂った草むらを、いよいよ洗うのである。

もちろん、太腿に隠れて直接局部を洗っているところは見えないが、まだ先ほど拝んだ股間の景色が眼に焼きついているから、淳子の右手が股間を洗っている間、モリマンと剛毛のことばかり考えていた。

見た目の黒いあの繊毛の触り心地は、いったいどんなものだろう？　見た目どおりにゴワゴワしているのか、それともやはり女なので、猫の毛のように柔らかいのか。

さらにその奥にある女の割れ目はどうだろう？　俗にモリマンは名器の印などと言われているが、締まりがキツかったりするのだろうか。

（それにしても……）

晴之は心の中で首をかしげた。

いくら剛毛とはいえ、洗っている時間が長すぎたからだ。まだシャボンさえつけていないのに、右手を股間に置いたまま一分以上が経過している。

なにかがおかしかった。

最初はなにがおかしいのかよくわからなかったが、よく見ると椅子から尻が二、三センチほど浮いていた。おかげで太腿が小刻みに震え、ひどくつらそうだ。

いや……つらいのではない。

淳子は澄ました顔で体を洗っており、その顔は会社で見せる意地悪な表情とほぼ変わらないと思っていたはずなのに、いつの間にか眼の下が生々しいピンク色に染まっていた。さらに細めた眼がねっとり潤み、唇が半開きになっていく。

（まさか……）

晴之は握りしめた手のひらがぐっしょりと汗ばんでいくのを感じた。先ほど、しばらくコレが恋人になりそうだと思った右手を開いて、汗まみれの手のひらと洗い場の淳子を交互に見た。

まさか淳子も、右手を恋人にしているのだろうか。銭湯という公共の場で、ハレンチにもオナニーに耽《ふけ》っているのか。

いくらなんでも、そんなことはあるはずがなかった。

考えすぎだ、長く洗っているだけだ、と自分に言い聞かせたが、淳子はいっこうに右手を股間から離さない。

それどころか、浮かせた腰が揺らぎだし、太腿の震えは激しくなっていくばかりである。番台からの遠目で見ても、半開きの唇から吐きだされる呼吸がハアハアと高ぶっていくのがわかった。

（嘘だろ？　まさか銭湯でオナニーなんて……いくらなんでも、それはないよ。誤解であってくれ……）

祈るような気持ちで淳子の裸身を眺めつつ、そういえば、と晴之はある実話雑誌の記事を思いだした。

最近、都内の銭湯に洗い場でオナニーをする変態女が出没しているという記事である。

証言している関係者がすべて匿名《とくめい》で、推測に妄想を織りこんだようなうさんくさい記事だからいつもなら読み飛ばすところだが、現在自分が番台に座っていることもあり、興味を惹かれて読んでみた。

なんでも、その変態女はレズビアンというわけではなく、同性に恥ずかしい行為を見つかるかもしれないというスリルを楽しんでいるわけでもなく、番台に座った男に自慰《じい》を見せつけて興奮するために、そんなことをしているというのだ。

ゴクリ、と生唾を呑みこんだ。

つまり、淳子がもしその変態女と同一人物であるとすれば、晴之の視線を意識して股間をいじっているのである。同じ会社で働く男子従業員が変装して番台に座っているとも知らず、興奮しているのである。

晴之は背中に冷や汗が流れていくのを感じた。

白髪のカツラと鼈甲メガネが、にわかに心細くなった。どちらも高価な代物とは言い難いし、間近で顔を見られれば晴之とバレるだろう。

内心で震えあがっているうちに、淳子ではないほうの客が洗い場からあがり、テキパキと服を着けて出ていってしまった。これで女湯にいるのは、淳子ひとりになったわけだ。

(やばいよ……これはやばいんじゃないか……)

番台に自慰を見せつけるのが目的であれば、またとないチャンスが巡ってきたことになる。

内心で焦りきっている晴之を嘲笑《あざわら》うかのように、淳子は豊満なヒップの下から椅子をどけた。膝立ちになって、エロティックなダンスでも踊るように蜂腰《はちごし》をまわし、右手で股間をまさぐりながら、左手で乳房を揉みしだきはじめた。

もはや完全にオナニーだった。

それ以外のものには見えない卑猥すぎる手つきで砲弾状に迫りだした乳房に指を食いこませ、もはや遠慮はいらないとばかりに乳首までつまみだす。赤い乳首を硬く尖りきらせながら、股間をいじる。局部は見えなくとも、ネチャネチャという粘っこい音が聞こえてきそうだった。美しい横顔が生々しいピンク色に染まりきっているのは、入浴のためではなく、淫らな欲情のためだった。

（おおおっ！）

晴之は胸底で声をあげてしまった。

淳子がなんと、四つん這いになったからだ。それも、番台に尻を向けてだ。局部は右手で隠されていたが、そのうちの一本である中指が女の割れ目に埋まっていた。ゆっくりと出ては、またゆっくりと入っていき、指と指の間からアーモンドピンク色の花びらがチラチラと見え隠れしている。

これで決定だった。

淳子が都内の銭湯に出没し、番台の男にオナニーを見せつける変態女であることは、もはや疑いようがなかった。

2

「おはようございます」

朝、晴之は会社の事務所でタイムカードを押すと、すれ違った淳子に頭をさげた。おざなりな会釈《えしゃく》をされただけで挨拶の言葉は返ってこなかった。

いつものことだ。職場のアイドルである栄美をいじめているだけではなく、ツンツン澄ましていて本当に嫌な女である。まだ新人で年若い晴之のことなど、鼻も引っかけないという態度だった。

それでけっこう、と晴之はいつも胸底で吐き捨てる。いくら淳子が美人とはいえ、三十二歳のお局様に相手にされなくたって、べつにどうということはない。気にしなければいいだけの話だ。

しかし、今日の晴之はいつもと違った。

なにしろ昨夜、彼女の重大な秘密を握ってしまったのだ。

晴之が番台に座っている「花の湯」の洗い場で、淳子はオナニーをした。それも、やむにやまれぬ激情に押し流されてつい股間をいじってしまったというのではなく、完全なる確信犯だった。番台に座った晴之にオナニーを見せつけ、そうすることによって興奮していたのである。

晴之は白髪のカツラと鼈甲メガネで変装していたから、淳子は番台に座っている男が、同じ職場で働いている若い作業員であることに気づいていない。だから、いつもどおりにツンツン澄ましているわけであるが、晴之はある奸計《かんけい》を胸に秘めていた。

昨夜の彼女の行為は、許されるものではない。銭湯の番台を欲求不満解消の一助にするとは不届き千万、男を馬鹿にするにも程がある。

（ちくしょう、挑発してくれやがって……）

銭湯の洗い場で四つん這いになって女の割れ目をいじりたてていた淳子を見ながら、晴之は全身を怒りに震わせた。怒りながらも痛いくらいに勃起してしまっていることが、また悔しかった。

性格は最低な淳子だが、三十二歳のボディはいやらしいくらいにメリハリがあり、こってりと濃厚な色香を放って、二十歳の晴之を悩殺しきった。

「あの、すいません」

晴之が事務服姿の淳子に近づいていくと、淳子は不思議そうな顔をした。いままで挨拶以外で声をかけたことなどなかったからである。

「ちょっと大事なお話があるんですが、今度お食事でもご馳走させていただけませんか?」

晴之の言葉に、淳子はますますキョトンとして首を傾げた。

「なによ、話って」

まさか告白? 身の程知らずね、と言わんばかりに鼻で笑う。

「ここでは話せません。なんでもご馳走しますから、一度だけ付き合ってください」

晴之が誘ったのは、もちろん告白するためではなかった。淳子のねじ曲がった根性と、いやらしすぎるボディに天誅《てんちゅう》を加えるためである。

晴之は毎日「花の湯」の番台に座らなければならないので、夜の時間が空くのは週に一度の定休日だけだった。

淳子に予定を合わせてほしいとお願いすると、自分が行きたい店でご馳走してくれるならという答えが返ってきた。

六本木《ろっぽんぎ》にある、コース料理が一万円もするイタリアンレストランだった。

完全な嫌がらせである。話に付き合う代わりに豪遊してやろうという魂胆が見え見えだったが、晴之はぐっとこらえてその店にエスコートした。

嫌がらせは、むしろ歓迎すべきものかもしれない。そのほうが怒りのエネルギーが蓄えられ、天誅を加えることに躊躇《ためら》いがなくなるだろう。

「それで話ってなんなの？」

淳子はワイングラスを傾けながら言った。コース料理をすっかり平らげ、ご満悦の表情だった。

「まあ、だいたい想像はつくけど……」

どうせ告白する気なんでしょう？　と眼顔で言いながら、デザートのチーズを口の中に放りこむ。

（ククク、いつまでそんな調子でいられるかな……）

晴之は胸底でつぶやくと、バッグから白髪のカツラと鼈甲メガネを取りだした。もちろん「花の湯」の番台に座るとき、使用しているものである。

「話っていうのは……」

これだとばかりに、晴之はカツラとメガネを装着した。

「……えっ？」

アルコールの酔いに赤らんでいた淳子の顔から、みるみる血の気が引いていった。無遠慮に高級ワインを呑んでいた唇が小刻みに震えだし、その震えはあっという間に頬や肩にまで波及した。

「キミ……まさか……」

「この顔に見覚えがありますか？」

晴之は勝ち誇った声で言った。

「あるに決まってますよね。番台に座った僕に見せつけるために、銭湯の洗い場であんなハレンチな真似をしてたんだから」

紙のように白くなっていた淳子の顔が、再び赤く染まっていく。今度はワインのせいではなく、はっきりと羞恥《しゅうち》のせいだった。

「み、見たのね……」

淳子は必死になって平静さを取り繕《つくろ》い、眼を細めて睨んできたが、

「見せたのはそっちじゃないですか？　四つん這いにまでなって」

晴之がきっぱりと言い放つと、眉根を寄せて眼尻を垂らし、いまにも泣きだしてしまいそうな顔になった。

「銭湯に出没してる変態女って、週刊誌に書いてありましたけど、あれって淳子

さんだったんですね。僕は驚きましたよ、まさかこんなに身近にそんな人がいたなんて」

「ち、違うのよ……」

淳子はあわてて否定しようとしたが、言葉は続かなかった。いつもは威圧的な美貌に、切羽《せっぱ》つまった困惑だけが浮かんでいた。

3

生まれて初めて足を踏み入れたラブホテルは思ったほど派手派手しい造りではなく、落ち着いた雰囲気だった。窓が嵌《は》め殺しである以外、普通のホテルとあまり変わりがない。

とはいえ、そこはやはり男と女が淫らな汗をかくためだけの場所だった。

部屋のほとんどを占領している大きなベッドと、ふたりで座れば体がぴったりと密着しそうなソファから、淫靡《いんび》な匂いが漂ってくる。

「本当に黙っててくれるのね？」

淳子は心細げな上目遣いで言った。

「この体を好きにさせれば、本当に……」

「ええ、約束します」

晴之は緊張を隠してうなずいた。切り札を握っているのはこちらなのだから、足元を見られるのはうまくない。

「ネットに変なこと書きこんだりもしないわね？」

「大丈夫ですよ」

晴之はふっと苦笑した。

銭湯の洗い場でオナニーまでしておきながら、いざとなったらずいぶんと気が小さい女である。晴之が変装して「花の湯」の番台に座っていたことを知ると、にわかに態度を豹変《ひょうへん》させた。好きにしていいから黙っていてと、自分からホテルに誘ってきた。

晴之はしかし、淳子を抱くつもりはなかった。女の弱味につけこんで体を求めるのは、卑劣漢のすることだろう。

そうではなく、淳子に与えなければならないのは天誅だ。銭湯の番台を欲求不満解消の一助にしたことへの報《むく》いを与え、ついでに職場のアイドル栄美へのいじめをなくさせればそれでいい。

「じゃあわたし、先にシャワーを……」

淳子はバスルームに向かおうとしたが、

「待ってください」

晴之はそれを制した。

「シャワーなんて浴びなくていいですから、早く始めてください」

「始めてって……」

意味がわからないという顔で首をかしげた淳子をよそに、晴之はベッドの前にあるソファに腰をおろして脚を組んだ。

「オナニーですよ」

淳子は眼を見開いて息を呑んだ。

「だって淳子さん、オナニーを人に見られて興奮するタチなんでしょ？　見ててあげますから、早く始めてください」

「そ、そんな……」

淳子がひどく狼狽《うろた》えたので、晴之は心の中でガッツポーズをつくった。

やりたい盛《さか》りの二十歳の男などホテルに連れこんで寝技にもちこんでしまえばどうにでもなると思っていたのだろうが、そうはいかなかった。

なるほど、三十二歳の淳子の色気は本物で、裸で抱きあった場合、翻弄《ほんろう》されるのは童貞を失ったばかりのこちらに違いない。あっという間に射精に導かれ、いわゆる金玉を握られた格好となり、二度と彼女に逆らえなくなることは想像に難くなかった。

しかし、オナニーならそうはいかないだろう。

自分で自分を慰める、世にも恥《は》ずかし《ずかし》い姿をじっくりとウォッチングしてやれば、グウの音も出ないほど彼女を辱めることができるはずだ。

そうなれば、弱味をつかむのはこちらのほうで、栄美をいじめないように約束させることも容易《たやす》いに違いない。

「ううう……」

淳子は唇を嚙みしめ、恨みがましい眼で晴之を睨んできた。

彼女の格好は、黒いニットとベージュのスカートだ。一見地味でも、服の色やデザインを控えめにしたほうが、華やかな美貌が映えることをよく知っているのである。

「さあ、早く」

ソファで偉そうに脚を組んだ晴之は、淳子を眼顔で急《せ》かした。ひとまわり年上のお局様を相手に、これほど尊大に振る舞える自分に驚く。イタリアンレストランで散財させられた怒りのエネルギーを、いよいよ爆発させるときなのだ。

「……本当に？」

淳子が上目遣いで訊ねてくる。

「本当にそんなこと……」

「好きなようにしていいって言ったのは、淳子さんのほうですよ」

晴之は眼光鋭く睨みつけた。

淳子はもちろん、抱いてもいいという意味でホテルに誘ったわけで、オナニーをさせられるとは思ってもみなかっただろう。だが、してもらわなければならない。嫌がれば嫌がるほど、許すわけにいかなくなる。

「まずは脱がないとダメでしょう？　やらないなら僕は帰りますよ。口が軽くなっても知りませんけどね」

「ううう……」

淳子は普段のツンツンぶりが嘘のように狼狽《うろた》えつつ、震える指でニットの裾をつまんだ。

ブラジャーはベージュだった。「花の湯」に来たときはゴージャスなワインレッドの下着を着けていたが、あれは露出プレイ用の勝負下着なのかもしれない。

だが、晴之は身を乗りだしてしまった。

地味な服と同様、生活感あふれる色合いのブラジャーが、かえって脂《あぶら》ののったボディの艶《つや》を際立たせた。砲弾状に迫りだした豊満な乳房を、身震いを誘うほど生々しく飾りたてている。

「似合いますよ」

晴之が卑猥な笑みをこぼすと、淳子の美貌はカアッと赤くなった。馬鹿にされたと思ったのだろう。プライドの高い彼女にすれば、年下の男に下着の地味さをあげつらわれることなどあってはならないことに違いない。

しかし、彼女に怒ることはできない。

晴之に秘密を握られている以上、唇を嚙みしめてスカートから下着まで脱ぐしかないのだ。何度も息を吐きだしながら、中腰になっておろしていく。

（おおうっ！）

ブラと同色のパンティが露《あらわ》になると、晴之は胸底で雄叫びをあげた。

ブラと揃いのベージュのパンティが股間にぴっちりと食いこんで、見るもいやらしいモリマン具合を露にしている。

おまけに、銭湯に来たときには着けていなかったパンストまで穿いており、これがまた生活感を剝きだしにする代物だった。股間を縦に割るセンターシームがいやらしすぎて、生唾を吞みこまずにはいられない。

「そ、そのままベッドにあがってください」

晴之は上ずった声で言った。

「まずは下着を着けたままオナニーして、それから脱いでください。なんていうか、その……ストリッパーみたいに！」

晴之の剣幕に気圧《けお》されて、淳子は心細そうに下着姿になった自分の体を抱きしめた。

「ス、ストリッパーみたいって……いったいどこまでいやらしいの……」

憎々しげに吐き捨てつつも、ベッドにあがった。晴之の顔色をうかがいながらおずおずと両脚を開き、股間に右手をあてがった。秘所を隠したつもりらしいが、晴之にしてみればどこまでも煽情的な媚態《びたい》である。

（さすが銭湯荒らしの変態女だよ……自然にしなをつくっちゃうんだな……）

晴之がギラギラした眼で見つめる中、

「ううう っ……あああっ……」

淳子はパンストのセンターシームに沿って、尺取り虫のように指を動かした。

指先がヴィーナスの丘をすべり落ち、割れ目に到達すると、生々しいピンク色に上気した双頰《そうきよう》が羞恥にひきつった。

「ああっ、やっぱり許して……」

いまにも泣きだしそうな顔で哀願してくる。

「こんなことをさせられるくらいなら、いっそ抱いて……ねえ、抱いてもいいのよ」

「ダメですよ」

晴之はきっぱりと首を横に振った。

「銭湯でオナニーまでしておいて、いまさら恥ずかしいもへったくれもないでしょう」

「ううっ」

「やらないなら、会社中に淳子さんの本性を言いふらしますよ。うちの会社に変態女がいるって、ネットの匿名掲示板とかにも書きまくっちゃいますから」

「ああっ！」

淳子は端整な美貌をくしゃくしゃにして羞じらった。

もはや諦めるしかないという表情で、指を動かしはじめる。

類《たぐ》い稀《まれ》なモリマンの麓《ふもと》にあるクリトリスを撫でさすっては、淫らにくびれた腰をビクビクと跳ねさせる。

「胸はどうしたんですか？　銭湯ではおっぱいも揉んでましたよ。さっさとブラジャーなんかはずしちゃってください」

晴之が鼻息を荒らげて命じると、淳子は恥辱《ちじょく》に身をよじりながらブラジャーをはずした。

カップの支えを失っても形の崩れない乳房を露にし、左手の指でむぎゅむぎゅと揉んだ。そうしつつ、右手では股間をいじりたてる。恥ずかしそうな素振りでいても、乳房の先端に咲いた赤い乳首がみるみる物欲しげに尖りきっていくのがいやらしすぎる。

「乳首が勃《た》ってるじゃないですか」

晴之はねっとりと粘りつくような視線を、淳子の乳房に這わせた。生唾を呑んでも呑んでも、口内に大量にあふれてくる。

「本当にオナニーが好きなんですね、淳子さん。もうオマ×コまでぐしょぐしょにしてるんじゃないんですか？　パンティの中、熱くてしようがないんじゃないですか？」

「言わないで……」

そむけた淳子の横顔には、晴之の指摘が図星であるとはっきり書いてあった。いくら羞じらっても、顔の紅潮は淫らになっていくばかりだし、耳や首筋も生々しいピンク色に染まっている。控えめに開いていたはずの両脚がいつの間にか大胆なM字開脚となって、腰が浮きあがっていく。

「はぁああっ！」

やがてラブホテルの狭い室内に、甲高い悲鳴が響き渡った。股間でうごめく指の動きが、呆れるほどの卑猥さで熱を帯びていった。

4

（すげえ……すげえよ……）

刻一刻とオナニーに淫していく三十二歳の媚態を、晴之は息を呑んでむさぼり眺めている。

普段、会社で見ている女のM字開脚も感じ入るものがあったが、そこを這う淳子の指の動きはいやらしくなっていくばかりで、おまけに股布《またぬの》にシミまで浮かんできた。女の割れ目の形状を生々しく想起させる縦長のシミが、ストッキングのナイロンに包まれたベージュのパンティをさらに卑猥な姿にする。

「シ、シミが浮かんでますよ！」

晴之が興奮に声を上げずらせると、

「ああっ、いやっ……言わないでっ……変なこと言わないでっ……」

淳子は髪を振り乱して身悶えた。その姿に、もはやいつもの高慢さは感じられなかった。オナニーに没頭しすぎて、すっかり我を失っている。

（たまらないよ、これは……本当にオナニーが好きなんだな……いまなら、なにを命令してもやっちゃうんじゃないか……）

晴之は淫らな妄想を頭に巡らせ、

「パンスト、破ってください」

声を絞ってささやきかけた。

「ええっ？　ええっ？」

淳子は眉根を寄せて戸惑いながらも、パンティを覆《おお》った極薄のナイロンを指でつまんだ。晴之の命令に逆らえないというより、自分でも直接触りたくてしかたがなくなったようだった。

次の瞬間、ビリビリッとナイロンが破られ、パンストに空いた穴からシミつきの股布が恥ずかしげに顔をのぞかせた。

「ああっ、いやあああっ……いやあああっ……」

自分で破いておきながら羞じらう姿は、ほとんど滑稽《こっけい》だった。滑稽なほどエロティックだった。

「めくって……パンティめくってください」

晴之が熱っぽく急かすと、

「ああっ、いやあっ……いやよおおおっ……」

淳子は真っ赤に上気した顔をしきりに振りつつも、指をパンティのフロント部分にひっかけた。躊躇うことなくシミつきの股布をめくり、恥ずかしい女の花を露にしていく。

「おおおっ……」

晴之はソファから身を乗りだし、ベッドにかぶりつくように両腕をついた。

衝撃的なほど、淫靡な光景だった。黒々とした繊毛に縁取られた三十二歳の女の花は、割れ目がどこにあるかわからないくらい花びらが大ぶりで、くにゃくにゃしながら身を寄せあっていた。

(すごいな……オナニーしすぎてこんなにびらびらになっちゃったのかな……)

晴之は息を呑み、舐めるような視線で花びらを凝視した。

「み、見ないでっ……」

淳子は羞じらって顔をそむけたが、見られて興奮しているのはあきらかだった。晴之の顔が股間ぎりぎりまで近づいても、脚を閉じようとしないのがなによりの証拠である。

「ひろげて！　ひろげて奥まで見せてください！」

アーモンドピンクの花びらに、ふうっと息を吹きかけてやる。淳子の股間にぶつかって戻ってきた息は、獣じみた女の匂いと熱っぽい湿気を伴って、もはや自分の息ではなかった。

「ああっ……あああっ……」

淳子は身悶えながらもくにゃくにゃした花びらを指でまさぐり、割れ目をひろげていった。逆Vの字をつくった二本指の間から、つやつやと濡れ光る薄桃色の粘膜が顔をのぞかせた。

「き、綺麗だ……」

晴之は思わず感嘆の声をもらしたが、淳子には届いていなかった。

「ああっ、感じるっ……視線をっ……視線を感じちゃうううっ……」

自分勝手に身悶えながら、逆Vの字の指を閉じたり開いたりした。開くたびに薄桃色の粘膜から湯気の立ちそうな発情のエキスがあふれ、糸を引いてシーツに垂れていく。

「ねえ、ダメッ……ダメよっ……」

淳子がいやらしいくらいに鼻にかかった声で言った。

「もうダメッ……わたしっ……わたし、もうイッちゃいそうっ……」

ねちゃねちゃ、くちゃくちゃ、と淫らな音を響かせて、淳子は両脚の間で指を躍らせている。汁気の多い肉ずれ音が、間近で観察している晴之にも絶頂の近さを知らせてくる。

「ああっ……イッ、イクッ……イッちゃうううっ……」

淳子は開いた股間を突きだすようにして腰を反らせ、花蜜を浴びて濡れ光る中指でクリトリスをしたたかにこすりたてた。

しかし、まだ絶頂させるわけにはいかなかった。晴之にはやり残した大切な仕事がある。

淳子が達する寸前に、彼女の手をつかみ、股間から引き剝がした。

「えええっ……」

絶頂を寸前で取りあげられた淳子は、眼尻を垂らし、やるせない声をもらした。

「な、なんでっ……どうしてイクのを邪魔するのよ？」

「そんなにイキたいですか？」

晴之が手首をつかんだままささやくと、淳子は首が折れそうな勢いでうなずいた。全身を小刻みに痙攣《けいれん》させ、いても立ってもいられない様子だった。

「イキたいなら、ひとつ約束してほしいことがあるんです」

「な、なに？」

「簡単なことですよ、栄美ちゃんをあんまりいじめないでほしいんです」

晴之は手を離した。

「そりゃあ、先輩としての淳子さんの立場もわかりますよ。でも端《はた》から見てると、栄美ちゃんが若くて可愛いから、焼き餅焼いていじめてるようにしか見えませんから」

「そんな……わたしはべつに……」

淳子は反論しようとしたが、気持ちはすでに晴之とのやりとりにはなく、自由になった右手に集中していた。オルガスムス寸前まで高まって、ひくひくと熱く息づいている薄桃色の粘膜に、指がじわじわと近づいていく。

「いじめないって約束してくれないと、また邪魔しますよ」

「そ、そんな……」

「約束してくれれば、イクところしっかり見てあげます。燃えちゃうタチなんでしょ、見られながらオマ×コいじると」

「ううう……」

淳子は顔をそむけて唇を噛みしめたが、虚しい抵抗だった。そうしつつも、指は女の花をねちゃねちゃといじりだした。

「どうなんですか！　約束してくれるんですか、くれないんですか！」

晴之が声を荒らげると、

「するわよ！　すればいいんでしょ！」

淳子は涙に潤んだ声で絶叫した。反省の色はどこにもなかった。言いおわると同時に中指をずっぽりと肉穴に埋め、

「はぁおおおおおおーっ！」

獣じみた悲鳴をあげて総身をのけぞらせた。M字開脚のままブリッジするように背中を反らせて、ガクガクと腰を震わせながら指を使った。あふれだした発情

のエキスが、タラーリ、タラーリと糸を引いてシーツに垂れていく。

（たまんねえ……）

恥も外聞も打ち捨てて一心不乱に自慰に没頭している淳子の姿に、晴之は酔った。あまりのいやらしさに、酒に酔うように酩酊《めいてい》してしまった。

ねちゃねちゃ、くちゃくちゃ、という卑猥な肉ずれ音が、理性を奪っていく。むんむんと漂ってくる獣じみた匂いが、理性の崩壊に拍車をかける。

もう限界だった。

栄美に対するいじめをやめると約束させたのだから、首尾《しゅび》は上々だ。こちらも欲望を解放し、愉《たの》しんでしまってもいいのではないだろうか。

「ああっ、イキそうっ……わたし、イッちゃいそうっ……」

パンストに穴を開け、パンティの股布を片側に寄せて自慰に耽る三十二歳の姿は眼も眩《くら》むほどいやらしく、性格の悪さを差し引いても欲情を激しく揺さぶりたててくる。

「待ってください」

晴之は立ちあがって服を脱いだ。一気にブリーフまでおろすと、勃起しきった男根が唸りをあげて反り返り、湿った音をたてて臍《へそ》を叩いた。

「まあ……」

反《そ》った男根の裏側をすべて見せつけられ、淳子の指の動きはとまった。ねっとりと潤んだ眼を細め、赤く色づいた唇を物欲しげに半開きにした。

「なんて……なんて逞しい……」

「淳子さん！」

晴之は淳子にむしゃぶりついた。

「いいって言いましたよね、さっき抱いてもいいって……」

淳子はうなずき、

「ああっ、きてっ……きてえっ……」

開いた両脚の間に、晴之の腰を招きいれた。晴之は勃起しきった男根をつかみ、切っ先を濡れた花園にあてがった。

「行きますよっ……」

鼻息も荒く腰を前に送りだし、ずぶずぶと貫いていく。オナニーで絶頂寸前まで高まっていた淳子の蜜壷は、奥の奥までよく濡れて、いやらしいほどよく締まった。

「はぁあううううーっ！」

ずんっ、と奥まで突きあげると、総身を反らせて悶絶した。

絶頂寸前まで高まっていたとはいえ、やはりオナニーはオナニー。野太く勃起した男根を咥《くわ》えこまされる快感とは、比べものにならないようだった。

「ああっ、すごいっ……硬いっ……硬いよおおっ……」

眉根を寄せて言い募《つの》り、両手を伸ばして抱き寄せようとする。晴之が抱擁に応えると、いつもは鼻もひっかけてくれないくせに、チュッチュッと甘いキスまで与えてくれた。

「ねえ、突いてっ……早く突いてっ……」

キスをしながら、いまにも泣きだしそうな顔でねだってくる。

(可愛いところ、あるじゃないか……)

晴之は内心でほくそ笑みながら、腰を使いはじめた。

まずは肉と肉とを馴染ませるためにゆっくりと抜き差ししようと思ったが、とても無理だった。気がつけば怒濤《どとう》のピストン運動を送りこんでいた。やはりモリマンは名器なのか、奥までびしょ濡れなのに締めつけが尋常ではなく、ずんずんっ、ずんずんっ、と連打を放たずにいられなかった。

「ああっ、いいっ……いいわあっ！」

淳子は端整な美貌をくしゃくしゃに歪《ゆが》めて悶えた。突けば突くほどいやらしく体をくねらせ、濡れた肉ひだで男根を締めつけてくる。

（ちょっと年上すぎるけど、淳子さんと付き合っちゃおうか……）

晴之は夢中で腰を使いつつ、ぼんやりとそんなことを思った。行き遅れのハイミスで、高慢で意地悪な彼女だが、こうして快楽を分かちあっていると、すべてを忘れられた。もしかすると自分たちは、ものすごく体の相性がいいのではないだろうか。

「むううっ！　むううっ！」

陶然としながら律動のピッチをあげていけば、淳子も腰を揺らして摩擦感をあげてくれた。舌を吸えば吸い返してくれ、抱きしめればしがみついてきてお互いの体がどこまでも密着していく。

（付き合うためには、とことんイキまくらせることだな……）

肉交の最中は可愛いところがある淳子も、普段は晴之のことを馬鹿にしきっている。その印象を払拭《ふっしょく》するには、めくるめくオルガスムスしかないだろう。

（よーし……）

奮い立った晴之は、この前ＡＶで見たやり方を試してみることにした。上体を起こして結合部を露出し、男根を抜き差ししながら淳子の陰毛を掻き分けた。肉の合わせ目にひそんでいる女の急所を、ねちねちと指で転がした。

「はっ、はぁあううううーっ！」

淳子が眼を見開いて悲鳴をあげる。

「ダ、ダメッ……ダメよ、そんなっ……そんなことしたらっ……」

焦《あせ》りきった顔で首を振り、丸く開いた唇をあわあわさせてあえぐ。

「こんなことしたらどうなっちゃうんです？」

晴之は卑猥な笑みをこぼしながら、ぐいぐいと腰を使い、クリトリスを転がした。女の急所をいじられた淳子は悶絶し、あられもなく乱れていく。彼女の弱味をつかまえて、肉体をコントロールしている実感が訪れる。

男に生まれてきたよかったと思った。男に生まれてきた悦びを、晴之はいま、全身で味わっていた。

「ほーら、ほーら。どうなっちゃうか教えてくださいよ」

「はぁあああーっ！　イ、イクッ……そんなことしたらっ……」

淳子は白い喉を突きだし、背中を弓なりに反り返らせた。先の尖った乳房をタプタプと揺すり、太腿をぶるぶると震わせた。

「ああっ、イクッ……イクイクイクッ……はぁあおおおーっ！」

蜜壺とクリトリスを同時に責められた淳子は、あっけなくオルガスムスに達した。その瞬間、蜜壺がぎゅうぎゅうと収縮して男根を食い締めてきたけれど、晴之にはまだ余裕があった。このやり方なら、まだ何度でもイカせることができそうだ。

実際、そうなった。一度イッてしまった淳子は、パチンコの確率変動よろしく、連続アクメに突入していった。

「ああっ、いやっ……っ、続けてっ……続けてイッちゃううううーっ！」

全身を生々しいピンク色に染めあげ、体中の肌という肌を発情の汗でねっとりとコーティングした淳子は、獣じみた悲鳴をあげて、ガクガク、ブルブル、と腰を震わせた。

挿入しながらクリをいじられるやり方がツボに嵌まったらしく、そのまま三回、四回と連続オルガスムスに達し、さらに貪欲《どんよく》に身をくねらせる。

「またイクんですか？　ねえ、淳子さん。これで何度目ですか？」

晴之は勃起しきった男根を抜き差ししながら、しつこくクリトリスを指で転がした。

「ああっ、ダメえっ……ダメえええっ……」

せつなげに首を振りつつも、まだまだイキたがっている。みずから股間を押しつけ、一ミリでも深く男根を咥えこもうとする。

（すごいな……淫獣だよ、これは。淫獣……）

晴之は淳子の飽くなき欲望を目の当たりにし、胸底でつぶやいた。

女を自在に絶頂させる満足感は筆舌《ひつぜつ》に尽くしがたく、いささかムキになって淳子を連続アクメに追いこんでしまったようだが、そろそろ限界だった。

怒濤の勢いで抜き差ししている男根は、はちきれんばかりに野太くみなぎり、ひりひりと敏感になっている。イクたびに食い締めを増していく蜜壺の中に、射精がしたくてたまらない。

「こっちも出ますっ……もう出ますっ……出ちゃいますうう～っ！」

こみあげてくる欲情に抗えなくなり、フィニッシュの連打を送りこむと、

「はぁうううう～っ！」

淳子は白い喉を突きだしてのけぞり、絶頂の頂《いただき》から降りてこられなくなった。まったく、どこまでも男を刺激してくる体だった。射精を終えた暁《あかつき》には、付き合ってくださいと告白しようと心に決めた。

「おおおっ、出るっ……もう出るっ……おおおおおーっ！」

雄叫びをあげ、最後の一撃を打ちこんだ。煮えたぎる欲望のエキスを、ドピュドピュドピュと勢いよく噴射させた。長々と続いた射精の間中、めくるめく恍惚《こうこつ》を味わった。

だが――。

最後の一滴を漏らしおえ、フーッと深い息を吐きだすと、

「まさか、もう終わりなの？」

淳子が震える声でささやいた。欲情にではなく、怒りに震える声だった。

「これで終わりなんて許さないわよ。もっとイカせてちょうだい」

「ええっ？　で、でも……」

晴之は泣き笑いのような顔になった。五回も連続して絶頂しておきながら、なんという欲望の深さだろうか。

「大丈夫よ。若いんだから、すぐにもう一回できるわよね」

淳子は上体を起こし、かわりに晴之の上体をあお向けに倒した。騎乗位でまたがって、いやらしく腰を使いはじめた。

「ああんっ、出したばっかりなのに、まだ硬い。硬くて太ーい」

「むううっ……ぐぐっ……ちょ、ちょっと待ってくださいよ」

晴之は眼を白黒させて身をよじった。

淳子は本気で抜かずの二回戦を始めるつもりらしい。連続アクメに追いこんで彼女を支配しているつもりが、結局は支配されていたわけだ。

しかし、いまごろ気づいても、もはや後の祭りだった。晴之はひいひい言いながら、淳子の淫らな腰振りに翻弄《ほんろう》されるしかなかった。

第四章　乱れる女将

1

銭湯は庶民的な下町の景色によく似合う。

「花の湯」があるのも、昭和レトロな商店街であり、一本入った横丁には、焼鳥屋やおでん屋などの看板がひしめき、客の中には湯上がりのビールなどをそんなところで楽しんでいる者も少なくない。

夜闇に灯った赤ちょうちんに、飴色に煤《すす》けた店構えと、風情がある店が多いので、晴之は路地を通るたびに好奇心を疼《うず》かせていたが、まだ一度しかのれんをくぐったことがない。果物屋の看板娘、優佳と隣りあわせたときだが、あの日は銭湯の定休日に間違えて来てしまったのだ。

普段はそうはいかなかった。銭湯の営業が終わるのは終電ぎりぎりの時間だから、のんびりビールを呑みながら一日の疲れを癒している暇などなく、いつだって足早に路地を駆け抜けていかなければならない。

しかし、今日ばかりは銭湯を出てもまっすぐ家路につく気にはなれなかった。呑まずにいられなかった。時間を忘れて酒に酔いたかった。

淳子のせいだ。

銭湯の洗い場で自慰に耽《ふけ》り、それを番台に見せつけるというとんでもない変態行為の代償として、晴之は彼女に罰を与えた。ラブホテルに連れこみ、強制オナニーで恥をかかせ、職場のアイドル、栄美をいじめないよう約束させた。

そこまではよかったのだが、自慰に耽る三十二歳の色香に負けて、結局最後までしてしまった。そして敗北した。淳子のいやらしすぎる腰使いに翻弄《ほんろう》され、朝までに五回も六回も男の精を絞りとられた。

「もう勘弁してください……」

明け方になっても疲れきったペニスをしつこく舐めしゃぶられ、晴之は涙ながらに哀願した。

「もう……もうできません……これ以上やったら死んじゃいますよ……」

「大げさねえ、若いくせに」

淳子は苦笑いを浮かべて解放してくれたが、涙ながらの哀願によって生まれた人間関係は、そのまま職場までもちこまれた。約束どおり、栄美をいじめることはやめてくれたが、それはターゲットが晴之に変わったからにすぎなかった。

顔を合わすたびにニヤニヤと卑猥《ひわい》な笑みを浴びせられ、「もう勘弁してくだしゃあーい」と耳打ちしてからかってくる。萎縮《いしゅく》している晴之を物陰に連れこんでは、

「またラブホに行っちゃう？」

と股間をまさぐり、ねちっこくいびり倒してくる。

「こないだみたいにたっぷり可愛がってあげるわよ。もう銭湯でのオナニーも飽きたから、欲求不満が溜まってるのよ。ねえ、朝まで何回出せるか挑戦してみない？」

「か、勘弁してくだしゃあああーい」

晴之はやはり涙ながらに哀願し、走って逃げることしかできなかった。

淳子は美人でグラマーだったが、性欲が強すぎる。あるいは晴之が断ることを見越したうえで、からかっているだけなのかもしれなかったが、そんなことが毎日のように会社で起こっているのだから、酒でも呑まずにはいられなかったのである。

晴之は夜闇に揺れる赤ちょうちんに誘われるまま、焼鳥屋の縄のれんをくぐった。

「いらっしゃい！」

大将の威勢のいい声に迎えられ、カウンターでビールを呑みはじめた。気持ちよく酔いがまわり、心が解き放たれていった。

晴之が住んでいる町にはチェーン系の大規模居酒屋しかなく、そういうところはひとりでは入りづらい。その点、下町の路地裏にある小さな店は、ひとりで呑むにはうってつけだった。カウンターの客もひとり客ばかりで、新聞を読んだり、テレビを観ながら、手酌でしみじみと呑んでいる。

調子に乗った晴之は、その店を皮切りに三軒ほどハシゴをして、鬱屈《うっくつ》していた気分を晴らした。終電はとっくになくなり、ネットカフェにでも泊まるしかなかったが、後悔はしていない。

どうせなら最後にもう一軒だけ行こうと千鳥足で路地を徘徊《はいかい》しているうちに、ある店を見つけた。

粋な感じの小料理屋だった。

いままで呑んでいた焼鳥屋やおでん屋とは一線を画す、大人びたムードがぷんぷんと漂ってくる店構えである。

普段なら尻込みしたくなる雰囲気が、けれどもその夜はチャレンジ精神をかきたてた。給料が出たばかりで懐《ふところ》が温かかったし、ここはひとつ、アダルトな小料理屋でひとり酒を格好よく決めてやろうと思った。

引き戸を開けて中に入った。

着物姿の女将《おかみ》がひとり、カウンターの中にいた。

若造の晴之には完全に場違いな店だった。

酒場なのに奇妙なほど落ち着いた、静謐《せいひつ》な空間が眼の前にひろがっており、一瞬まわれ右をして帰ろうかと思ったが、大人の階段をのぼるのだと自分に言い聞かせて、椅子を引いて腰をおろした。

「あらびっくり。こんな若いお客さんが来てくれるなんて、珍しいこともあるものね」

眼を真ん丸に開いた女将に、しげしげと顔をのぞきこまれ、

「あ、熱燗《あつかん》をください」

晴之はしゃちほこばって答えなければならなかった。

女将は四十歳前後で、かなりの美人だった。というより、色っぽかった。髪をアップにまとめ、濃いめの化粧を施し、藍《あい》色の着物を凜《りん》と着こなした姿に、たまらない艶《つや》があった。

色町風情があるというか、芸者さんを彷彿《ほうふつ》とさせるというか、そういうタイプの女と日常生活で触れあう機会が二十歳の晴之にあるわけがない。

内股気味に歩く様子や、着物の袖をかきあげながらお銚子を持つ仕草に、いちいち息を呑んで見入ってしまった。

「はい、どうぞ」

女将がカウンター越しに酌をしてくれ、

「す、すいません」

晴之は両手でうやうやしくお猪口《ちょこ》を掲げて、注いでもらった。

「熱い」

酌が終わると女将は悪戯《いたずら》っぽく笑って、熱燗を持っていた細い指先で耳朶《みみたぶ》をつまんだ。その仕草に、晴之は勃起した。腰が浮きあがりそうなほど興奮してしまい、あわてて熱燗を呷《あお》らなければならなかった。もちろん噎《む》せた。

「ふふっ、わたしも一緒にいただいていいかしら」

女将が柔和な笑みを浮かべて言い、

「すいません。気がつきませんで」

晴之は焦《あせ》って立ちあがり、お銚子を両手で持った。こういう大人の店では、差しつ差されつというか、女将にも一杯ご馳走するのが礼儀なのかもしれない。

「ありがとう」

晴之の注いだ酒をひと口呑んだ女将は、三日月のように眼を細めて笑った。四十歳は超えていそうだが、笑顔はどこまでも無邪気で、晴之も釣られて笑ってしまう。

「普段はあんまり呑まないんだけどね、今日はいいことがふたつもあったから、特別」

「なんですか、いいことって?」

「ひとつは、びっくりするくらい若いお客様が来てくれたこと」

女将は晴之を見つめて言った。

「こういうお店だから、年配のお客様が多くてね。たまに若い人が来てくれるとすごく嬉しいの」

「はあ……」

晴之は照れくささを隠すように、お猪口を口に運んだ。

「もうひとつはね、ちょっと恥ずかしいから、内緒の話なんだけど……」

女将は唇の前で人差し指を立てた。そういう仕草が、いちいち色っぽい。

「実は今日、お風呂が壊れちゃって銭湯に行ったのね……」

「えええっ！」

晴之が突然大声を出したので、女将は驚いて眼を丸くした。

「どうかした？」

「いえ、すいません。なんでもありませんから、続けてください」

晴之の心臓はすさまじい勢いで早鐘を打ちだした。このあたりで銭湯といえば、「花の湯」しかない。しかし、女将のような美女のヌードを拝んだ記憶はなく、晴之が番台に座る前の早い時間に来たのかもしれないが、そうだとすればあまりにも無念な話である。

「それで、久しぶりに行った銭湯でね……」

女将は小唄でも歌うような表情で話を続けた。

「番台におじいさんが座ってたわけ、真っ白い髪に鼈甲《べっこう》メガネの」

晴之はもう少しで口に含んだ酒を吹きだしてしまうところだった。

「その人が、三年前に亡くなった夫にそっくりだったのよ。わたしよりふたまわりも年上だったし、元々白髪が多い人だったんだけど、ホントに似てたから驚いちゃった」

気持ちの整理はもうすっかりついているようで、女将は楽しそうに笑いながら話していた。晴之は愛想笑いを返しつつも、内心で首をかしげていた。こんなに艶っぽい美女が来たというのに、番台に座っていて気づかなかったとは一生の不覚、自分の眼は節穴かもしれないと情けなくなってくる。

「年は離れてたけど、けっこうラブラブな夫婦だったのよ、わたしたち……」

女将は遠い眼をして溜息まじりに言葉を継いだ。

「だから、番台さんがそっくりだったんで舞いあがっちゃったんだけど、銭湯なんて、お化粧もしなければ、いい加減な格好で行くじゃない？　それが恥ずかしいやら、裸になるのも照れるやら、もうさんざん……」

なるほど、と晴之は胸底でうなずいた。

いくら美人の女将とはいえ、化粧もせず、地味な装いであれば、四十代の年相応に見えるだろう。所帯じみたおばさんのひとりと勘違いして、見逃してしまったようだ。

（それにしても、馬鹿だな俺……）

カウンターの中でお猪口を傾ける女将は、美人なだけではなく、眼つきや仕草が色っぽいだけでもなく、たまらなく肉感的なスタイルをしていた。

着物というのは女体の凹凸を隠してしまうから、ディテールまではうかがい知れなかったけれど、胸は豊満で尻には張りがあり、抱き心地を想像するとズボンの下で勃起が疼いた。

（いやいや、そんなに落ちこむこともないぞ。だって……）

なにしろ女将は、晴之の変装した姿に亡夫の面影を見てしまったのだから、銭湯に再訪してくる可能性は高い。

それも、今度はさりげなく薄化粧を施し、服装もそれなりに気遣って来るだろう。きっと見逃すことなく、眼福《がんぷく》にあずかれる。この肉感的な体が一糸纏《いっしまと》わぬ姿になるところを、拝むことができる。

思わずゴクリと生唾《なまつば》を呑んでしまい、

「すいません。熱燗もう一本ください」

誤魔化すために、空になったお銚子を女将に渡した。

「あら、いけるロね」

女将は楽しげに笑い、晴之も笑顔を返した。頭の中は、女将のヌードの妄想で占領し尽くされていた。

ところが、翌日になっても、そのまた翌日になっても、女将は「花の湯」に姿を現さなかった。

（うーむ。やっぱり恥ずかしくなって、来ないことにしたんだろうか……）

晴之は焦《じ》れた。

三日が過ぎてもやってこないと、いよいよもって我慢できなくなり、自分から小料理屋に出かけていくことにした。

せっかくなので番台に座っているときの格好のまま行ってやろうと思いたったのは、ほんのちょっとした悪戯心だ。晴之が変装して番台に座っていたことを知れば、女将は身をよじって恥ずかしがるだろう。もしかしたら怒りだすかもしれなかったが、そのときはそのときである。

なにより、女将に会いたかった。

やさしそうな女将のことだから、怒りだしたところで、潔《いさぎよ》く懺悔《ざんげ》すればきっと許してくれるだろう。

実際、彼女がやってきたときには気づいていなかったのだから、裸の記憶があるわけではない。そのことを説明すれば、酒の肴《さかな》の笑い話になって、楽しいひとときを過ごせるに違いない。

2

深夜の二時までネットカフェで時間を潰し、オールナイトパックを中抜けする格好で、晴之は女将のいる小料理屋に出撃した。

小料理屋の営業時間は深夜の三時まで。閉店間際のこの時間まで待ったのは、なるべく他の客がいないときに行きたかったからである。

(驚くだろうなあ、女将さん……)

人影の絶えた路地裏で白髪のカツラと鼈甲メガネを装着しながら、心臓が早鐘を打ちだすのをどうすることもできなかった。

女将と亡夫はラブラブだったというから、そっくりさんが眼の前に現れた衝撃はかなりのものだろう。夢と現実の区別がつかなくなり、ベッドに誘われることだってあるかもしれない。

(まさか。いくらなんでもそこまでは……)

首を振って否定しつつも、笑いがこみあげてきてニヤけてしまう。必死に真顔を取り繕って、小料理屋の引き戸を開ける。

計画どおり、他の客の姿はなく、女将がひとり、カウンターの中で仕込み仕事をしていた。

「いらっしゃ……」

女将は顔をあげた瞬間、言葉につまり、息を呑んだ。幽霊でも見てしまったように瞳を凍りつかせ、口を手で押さえた。

「ひとりなんだが、呑ませていただけますかな」

晴之が年寄りを装った低い声で言うと、

「え、ええっ……どうぞ……」

女将はあわてて笑顔をつくり、カウンターの席をすすめてくれた。笑顔がひきつっていた。熱燗を頼むと、お銚子を持つ手が小刻みに震えていた。

「どうぞ」

カウンター越しに酌をされると、

「では、女将さんも一杯」

晴之は酌を返した。予想以上に女将が狼狽《うろた》えてくれたので、自分の変装と演技に酔ってしまいそうだ。

「ずいぶん遅くまでやってるんだねえ」

労《ねぎら》うように声をかけると、

「ええ、お客さんがいれば明け方まで開けていることも……でも、今日はもう閉めちゃおうかしら」

女将はいそいそとカウンターから出てくると、驚くべきことにのれんをさげて鍵を閉め、晴之の隣に腰をおろした。藍色の着物から、白檀《びゃくだん》の高貴な香りが漂ってくる。

「ご一緒に呑ませていただいて、よろしいかしら？」

眼の下をねっとりと紅潮させた悩ましい顔で見つめられ、

「え、ええ……」

晴之は頬をこわばらせた。落ち着いた大人の女に見えて、意外なほど行動力がある。いくら亡夫に似ているとはいえ、こちらは一見《いちげん》の客である。いきなり店を閉めて隣に座ってしなをつくるとは、大胆にも程がある。

「どうぞ。呑んでください」

女将は声まで可愛らしくして、酌をしてくれた。

「わたしもなんだか呑みたい気分なんです。酔ってしまうかもしれません」

お猪口の酒を一気に呑み、ハーッと艶めいた息を吐きだした。眩暈《めまい》を誘うほど、吐息の匂いが悩殺的だった。

「あぁっ、今夜は酔っちゃいそう」

女将が清楚な美貌をピンク色に染めて、しなだれかかってくる。藍色の着物から漂ってくる白檀の香りに混じって、生々しい吐息に鼻腔《びこう》をくすぐられ、晴之の心臓はドキンとひとつ跳ねあがった。

(いいのかよ、こんな無防備な顔しちゃって……)

ちょっとした悪戯心で変装してきた晴之だったが、予想を超えた女将の行動に気圧《けお》されてしまう。

「なんだか夢でも見ている気分」

潤んだ瞳をうっとりと細めて、晴之の顔をのぞきこんでくる。

「お客さん、三年前に亡くしたわたしの愛しい人にそっくりなの。こんなことってあるものなのね」

「ほう……そ、そうだったんですか……この世には自分そっくりな人間が三人はいると言いますからな」

晴之はしどろもどろで言葉を継いだ。女将の顔が近くに接近しすぎて、焦ってしまう。間近で赤々と輝く唇が、艶《なま》めかしすぎる。

「ねえ……」

紅唇が半開きになって突きだされた。

「キスしてもらってもいい？」

「い、いやあ……」

晴之は弱りきった顔になった。変装して店に入るときに、こんな展開を期待したことも事実だが、妄想は妄想である。

そろそろ限界だった。

キスをしてしまえば、その先に進みたくなるに違いない。しかしそれでは、騙《だま》し討ちで寝技にもちこむのと一緒である。女将としっぽり布団の中に入りたいのは山々だが、騙し討ちはまずい。

あるいは、ハッスルしすぎて、情事の途中でカツラがズレてしまうという展開も考えられる。そっくりさんの正体がこの前店に来ていた若造ということになれば、女将を傷つけてしまうだろう。女将がその気になりすぎる前に、潔《いさぎよ》く謝ってしまったほうがいい。

「すいません、実は僕……」

白髪のカツラを取って正体をバラそうとすると、

「いいの」

女将はにわかに真顔になると、晴之の手を押さえた。カツラを脱げないようにして、もう一方の手で赤い唇の前に人差し指をすっと立てる。

「わかってるから……」

顔を向けたまま、気まずそうに眼だけをそむけた。

「全部最初からわかってるの。いくら似てたって、肌とか全然若いんだから、本気で騙されるわけないじゃないの」

「えっ、でも……」

「四日前だったかしら。あなたが初めてお店に来たとき、この人、変装して銭湯の番台に座ってる人だって、すぐにわかった」

晴之は言葉を返せなかった。つまり、女将のほうから変装して店に来るよう仕向けたというわけか。

「だから……もう少しだけ……夢を見させて……」

女将はすがるような眼を向けてくると、唇をもう一度半開きにして突きだしてきた。晴之は大きく息を呑みこんだ。

「……ぅんんっ！」

女将の唇の赤さに吸い寄せられるようにキスをした。

小料理屋の二階は住居になっていて、女将はそこに住んでいた。

女将のあとについて狭い階段をあがっていきながら、晴之の心臓は爆発せんばかりに高鳴っていった。

唇にまだキスの余韻《よいん》が残っている。

のれんをしまった店のカウンターで、先ほどまで長々と口づけをしていた。女将の唇は薄くて上品なのにねっとりして、それはキスの仕方がそうだからなのかもしれないけれど、蕩《とろ》けるような味わいがした。

お互いに酒を呑んでいたが、アルコールの匂いなど少しも気にならなかった。甘い清酒の香りが、かえって女将の吐息を生々しく感じさせてくれた。

「二階へ行きましょう」

永遠に続くかと思われた長いキスが終わると、女将は恥ずかしそうに眼を伏せてささやいた。

女将は晴之の正体を知っていた。二十歳の若造が白髪のカツラと鼈甲メガネで変装していることをわかっていて、それでも誘ってきたのだった。亡夫の面影がある晴之と、夢の中で抱かれるように、抱かれたいのである。

なんというせつない女心だろう。

応えられなければ男がすたるというものだ。

（しかし……）

階段をあがっていく女将の尻が、晴之の眼の前にあった。

引き締まった尻だった。

いかにも高価そうな藍色の着物に包まれて、気品すら漂ってくる。

女将は推定四十歳。自分の倍も生きている。酸《す》いも甘いも嚙み分けていそうなこんな美女に、夢を見せることなどできるだろうか。変装した顔は似ていても、セックスのテクニックは拙《つたな》いばかりなのである。

「どうぞ」

女将が部屋に通してくれ、行灯《あんどん》ふうのスタンドをつけた。ほのかな光に照らされた部屋は純和風の趣《おもむき》で、床の間があり、青々とした畳の上に大きな布団が敷かれていた。

「ちょっと待ってね」

女将は晴之に背中を向けると、帯をときはじめた。雅《みやび》な衣擦《きぬず》れ音をたてて帯がとかれていく様を、晴之は呆然と眺めていた。

もはや逃れられない。

女将を抱いてみたい欲望はあるものの、すさまじい緊張が全身を硬直させ、金縛りに遭ったように動けなくなった。

女将はといた帯を帯掛けに掛けると、続いて藍色の着物を脱いだ。鳥居《とりい》のような形をした着物掛けに、着物をかけた。

（うわあっ……）

晴之は眼を見開き、息を呑んだ。

藍色の着物の下から現れた長襦袢《ながじゅばん》が、真っ赤に輝いていたからだ。しかも、やや透けている。スタンドのほのかな灯りを浴びて、乳房の隆起や太腿の張りつめ具合が、ありありと見てとれる。

着物姿は凛々《りり》しく気品に満ちていたのに、脱いだら一転、いにしえの遊女のごとき濃厚な色香を振りまいて、晴之を悩殺した。

「さあ、あなたも脱いで」

女将が笑みを浮かべて近づいてきた。笑い方まで匂いたつように淫靡《いんび》だった。

晴之が金縛りに遭ったように動けずにいると、女将が服を脱がせてくれた。真っ赤な長襦袢に包まれた女将の体から漂ってくる甘ったるい匂いに気をとられているうちに、ブリーフ一枚にされてしまった。

「まあ」

女将が眼を丸くする。

晴之は勃起していた。体は金縛りに遭ったように動かないのに、ペニスだけは痛いくらいに勃起しきって、ブリーフの前に盛大な男のテントを張っていた。

「苦しいんじゃない？　こんなに大きくしてしまうと」

女将のほっそりした手指が、テントの先端をさわりと撫でた。

「むむっ……」

たったそれだけの刺激で、晴之は首に筋を浮かべて伸びあがった。興奮のあまり、顔から火が出そうだった。

真っ赤な長襦袢姿になった女将は、いやらしすぎた。装いだけではなく、眼つきや所作までも水がしたたるような色香を放ち、側にいるだけでいても立ってもいられなくなってくる。

「お布団に入りましょうか」

女将にうながされ、布団に入った。妖しい緋《ひ》襦袢に包まれた女体と、いよいよ体が密着してしまう。

「女将さん！」

と声をあげ、むしゃぶりついていきたかったが、緊張のあまり固唾《かたず》を呑んでいることしかできない。ブリーフの中で勃起しきったペニスだけが、ズキズキと熱い脈動を刻んでいる。

「あああっ……」

女将はうっとりと眼を細め、両手を晴之の首にまわしてきた。緋襦袢の薄い生地に包まれたふたつの乳房が、晴之の胸板に押しつけられた。むぎゅっという重量感たっぷりの感触に、気が遠くなりそうになった。

「本当によく似てるわ、あの人に。とくにメガネの奥の眼が……」

「そ、そうですか……」

晴之の眼は、鼈甲メガネの奥でギラギラとたぎりきっていた。女将の亡夫はふたまわり年上と言っていたから、六十代だろう。老成している年齢なはずなのに、こんなふうに眼をたぎらせていたのだろうか。

（いや……）

晴之は内心で首を振った。七十代だろうが八十代だろうが、この女将と一緒の布団に入って、眼をギラつかせない男などいるはずがない。布団の中で身を寄せあっていると、女将の体から漂ってくる匂いが変わった。甘ったるい匂いだけではなく、獣じみた女のフェロモンが布団の中にこもってきた。

古式ゆかしい作法では、着物の下にパンティは穿かないらしい。もしかすると女将は、ノーパンの股間を早くも濡らしているのだろうか。亡夫に抱かれたときのことを思いだし、蜜壺を熱く疼かせているのか。

「ねえ、触って」

ねだる女将のささやき声は、水飴のようにねっとりしていた。四十路《よそじ》にもかかわらず可愛らしく、そのくせどこか気品が漂い、とどのつまり、ぞくぞくするほど色っぽかった。

女将が求めているのは乳房を触ることだった。いつまでも緊張しているわけにもいかず、晴之はおずおずと手を伸ばしていった。緋襦袢に包まれた胸のふくらみを、裾野《すその》からそっとすくいあげた。

「んんっ……」

女将の眉根が寄る。晴之がやわやわと揉みしだくと、眉間《みけん》に刻まれた縦筋がいやらしいほど深まっていく。

（すごい……柔らかい……）

晴之は指を動かしながら息を呑んだ。手のひらに感じている乳房はたっぷりと量感があり、搗《つ》きたての餅のように柔らかかった。それがなめらかな絹に包みこまれた触り心地はたまらなく淫靡で、指先に力がこもり、手のひらが汗ばんでいく。

「んんっ……んんんっ……」

女将がくぐもった声をもらし、緋襦袢に包まれた隆起の頂点が、ぽっちりと突起してきた。

指先でコチョコチョとくすぐってやると、

「あああっ……」

女将はせつなげに身をよじり、晴之の首にしがみついてきた。自然に唇が重なり、舌がからみあった。

女将はキスが好きらしい。先ほども、下の店で長々とされていた。

しかし、先ほどの口づけが「静」のキスとすれば今度は「動」で、それもかなり激しかった。首を振りたて、むさぼるように舌を吸い、唾液にツツーッと糸を引かせる。

「ぅんんっ……ぅんんっ……」

荒ぶる吐息がぶつかりあい、布団の中に熱気がこもっていった。

深い口づけのせいで女将の抱擁が強まり、乳房を揉んでいるのが困難になったので、晴之は女将の背中を撫でた。じわじわと下に這わせていくと、腰から尻にかけてのカーブに陶然とした。

色っぽい腰つきだった。着物を着ていたときは引き締まって見えた尻だが、触ると丸みに富んでいて、そのくせ乳房同様たまらなく柔らかい。

「あああっ……」

ぐいぐいと揉みしだくと、女将はキスをつづけていられなくなった。身悶えながら脚をからめ、晴之の太腿を挟んでくる。

（うわあっ……）

晴之は興奮に身震いした。太腿を太腿でぎゅうぎゅう挟まれるのも心地よかったが、女将の股間からじっとり湿った淫らな熱気が伝わってきたからである。

やはりノーパンだった。

女将が身をよじると、太腿に草むらがかすった。ヌルヌルに濡れた貝肉質の花びらまで感じてしまった。

（たまらない……たまらないよ……）

晴之は緋襦袢越しに女将の尻を撫でまわしながら、鼻息を荒らげていった。四十路の体は完熟で、どこを触っても蕩けるように柔らかかったし、緋襦袢の上質な絹が特別淫靡な触り心地にして、二十歳の晴之を魅惑しつづけた。

とはいえ、やがて襦袢越しの愛撫では満足できなくなった。右手を女将の体の前面に移動させ、襦袢をめくって中に入っていく。

「あああっ……」

敏感な内腿に手が触れると、女将は眉根を寄せてあえいだ。女将の両脚は晴之の太腿を挟んでいた。股間の下に手を這わせていくと、むんむんと熱気が伝わってきた。女将はノーパンなのだ。古式ゆかしい作法に則《のっと》り、着物の下にパンティを穿くような野暮はしていないのである。

（いよいよ、女将さんのオマ×コを……）

手のひらを近づけ、股間に触れた。人差し指と中指と薬指に、ヌメヌメした貝肉質の花びらが密着する。

「くぅうっ！」

女将が羞じらいに顔をそむける。

だが、眼の下をねっとり赤らめた横顔からは、欲情ばかりが伝わってきた。これから訪れる刺激に期待し、固唾を呑んで身構えている。

晴之は中指を動かし、女の割れ目をなぞりたてた。

くにゃくにゃした花びらは大ぶりで肉が厚く、ちょっと触れただけで結合の心地よさが想像できた。それを左右にくつろげると、奥からねっとりと蜜があふれてきて指にからんだ。

「ああっ、いやあっ……」

女将は赤く染まった首をうねうねと振りたて、晴之の右手を太腿でぎゅっと挟んできた。もちろん、愛撫を拒んでいるのではなく、刺激を嚙みしめたのだ。

（たまらないみたいだな……）

貞操観念が強そうに見える女将だが、未亡人ともなれば、やはり欲求不満の溜まり具合も尋常ではないのだろう。手を挟まれつつも晴之が中指を動かすと、今度は両脚がじわじわと開いていった。もっといじってと訴えるように、布団の中ですっかりM字開脚になっていた。

（ああっ、見たい……見てみたい……）

晴之は鼻息を荒らげて女の割れ目をいじりまわしながら、布団を剝ぎたい衝動に駆られた。緋襦袢に身を包んだ女将の、M字開脚を拝んでみたくてしかたがなかった。

「ああっ、いやっ……いやいやいやっ……」

割れ目の間でぴちゃぴちゃと音が鳴りだすと、女将は羞《は》じらいに激しく身をくねらせた。チャンスだった。晴之は右手で割れ目をいじりながら、左手でガバッと布団を剝いだ。

「いっ、いやあああーっ！」

女将は悲鳴をあげたけれど、なにも抵抗できなかった。緋襦袢の裾からまくれ出た白い両脚がM字を描き、女の花をいじりまわされている恥ずかしい姿を、晴之の前にさらけだした。

（すげえ……）

布団を剝いだ晴之は、女将のM字開脚に眼を見張った。

女の大股開きはいつだって男心をときめかせるものだけれど、四十路の女将の熟れた体を包んでいるのは、遊女のごとき真っ赤な襦袢。燃えるような緋色の生地がめくれて白い太腿が露《あらわ》になり、黒々と茂った草むらまでが見えているその姿は、衝撃的なエロスに満ちていた。

もっといやらしい角度から見たくなり、晴之は上体を起こして女将の足元に移動した。両膝《ひざ》をつかんで股間に顔を近づけていくと、

「あああっ……」

女将は羞じらいに顔をそむけてあえいだが、脚を閉じたり、肝心な部分を手で隠したりはしなかった。

（うわあっ……）

晴之の眼前では、女将の女の花が咲き誇っていた。大輪の薔薇《ばら》のように艶やかで、淫靡な妖しさをたたえた花だった。

アーモンドピンクの花びらは縁がやや黒ずんで、蜜を浴びて濡れ光っていた。わずかに口を開いた裂け目からは、鮭肉《さけにく》色の粘膜が見えた。指で割れ目をひろげると、ひくひくとうごめきながら蜜をしたたらせ、まるで早く舐めてと訴えているかのようである。

匂いもすごかった。

ナチュラルチーズの発酵臭《はっこうしゅう》と磯の香りをブレンドしたような強烈なフェロモンが、じっとり湿った熱気を伴ってむんむんと漂ってきた。伊達《だて》メガネのレンズ

が曇ってしまいそうだった。

　これが熟女の匂いなのか、と思った。

　決していい匂いではなかったし、一瞬たじろいでしまいそうになったけれど、本能のいちばん底にあるものが揺さぶられたことも、また事実だった。吸い寄せられるように顔が近づき、唇を押しつけていく。

「くぅううっ……」

　女将がうめき、腰を揺らす。反射的に脚を閉じようとしたので、晴之はつかんだ両膝を押さえながら、縁の黒ずんだ花びらの感触を唇で愉しんだ。

　熟女の匂いが強烈過ぎて、鼻腔はおろか、脳味噌にまで染みこんでくるようだった。晴之は激しい眩暈《めまい》を覚えながら、舌を差しだし、鮭肉色の粘膜を舐めまわした。新鮮な花蜜がしとどにあふれてきて、あっという間に口のまわりがベトベトになった。舌先を素早く動かすと、猫がミルクを舐めるような、ぴちゃぴちゃという音がたった。

「ああっ、いやあっ……」

　女将は羞じらいながらも、みずから脚をひろげて腰をまわした。晴之の顔に女の花をなすりつけるように、股間を上下に動かした。

「むうう っ……」

晴之は荒ぶる鼻息で草むらを揺らし、一心不乱に愛撫に励んだ。左右の花びらを口に含んでしゃぶりまわし、割れ目を下から上に舐めあげていくと、肉の合わせ目でなにかが光った。

包皮から半分ほど顔を出した、真珠色のクリトリスだった。

女の急所中の急所が、愛撫を求めて身悶えている。

晴之は指先でペロリと包皮を剝いた。つやつやと輝きながら愛撫を求めて震えている、小さいが存在感のある真珠肉だった。

ふうっと熱い吐息を吹きかけると、

「あああっ……」

女将は白い喉を迫《せ》りあげ、やや透けた緋襦袢の下で乳房を揺らした。さすがに女の体でいちばん敏感な性愛器官である。

（なんか異常にいやらしいな……）

クリトリスを見たのはもちろん初めてではなかったが、女将のものがいままで見た中でもっとも卑猥に見えた。黒ずんだ花びらと、透明感あふれる真珠肉が、いやらしすぎるコントラストを描いている。

ねちり、と舌先で転がすと、

「くぅうっ！」

女将は鋭くうめいて、M字開脚に掲げられた両脚を震わせた。訪れた快美感を噛みしめるように、白い足袋《たび》に包まれた足指をきゅうっと丸めた。

ねちり、ねちり、と晴之は真珠肉を舐め転がしては、包皮を剝いたり被《かぶ》せたりした。最初、丸みが強かった形状が徐々に尖《とが》って、カタツムリの触覚のようにうごめきだした。口に含んで吸いたてると、

「あああっ！」

女将は甲高い悲鳴をあげて、ブリッジするようにのけぞった。ハアハアと呼吸をはずませて、すがるような眼を向けてきた。その顔には、もっと吸ってと書いてあった。眉間に刻まれた深い縦皺《たてじわ》が、ぞくぞくするほどいやらしかった。

「むうっ！　むうっ！」

晴之は包皮ごと口に含んで吸いたてた。唾液の海で泳がせては、口内でねちっこく舐め転がしてやると、女将はひいひいと喉を絞ってよがり泣き、太腿で晴之の顔を挟んできた。

蕩けるように柔らかい腿肉の感触がたまらなく心地よく、息苦しさが興奮に火

をつけた。

（こんなことしたら、どうだ？）

クリトリスを吸いながら、女の割れ目に指を挿入していく。蜜のしたたる肉壺をずぼずぼと穿《うが》ってやると、

「いっ、いやあああああーっ！」

女将は再び大胆なM字開脚を披露し、五体の肉という肉を痙攣《けいれん》させた。

「そんなの許してっ……そんなにしたらっ……」

指を出し入れするたびに、女の割れ目からは大量の蜜がしたたって、潮吹きというほどではなかったが、晴之の手は瞬《また》く間にびしょ濡れになった。

3

「ああっ、ダメッ……ダメえええっ……」

潮まで吹きそうな指責めに女将は耐えられなくなり、激しく身をよじってクンニリングスの体勢を崩した。

「ダメよ、もう……わたしばっかりよがらせて、ズルいじゃないの……」

欲情しきった顔でささやくと、晴之の腰にむしゃぶりついてきた。

ブリーフを脱がされた。勃起しきった男根が唸《うな》りをあげて反り返り、湿った音をたてて臍《へそ》を叩いた。

女将は、あお向けになった晴之の両脚の間で四つん這いになると、

「まあ、元気」

眼を爛々《らんらん》と輝かせて、そそり勃ったペニスを握りしめてきた。

「いったいどうしちゃったの？　こんなに硬くなってるなんて」

「むむっ……」

晴之は顔を真っ赤にし、言葉を返すことができなかった。

女将はおそらく、亡夫の男根と晴之のペニスを比べていた。大きさはともかく、若い晴之のほうが元気よく勃起しているのは当然のことだった。しかし若いぶん、刺激にも弱い。

（なんて……いやらしい触り方なんだよ……）

手筒ですりすりとしごかれただけで、眼もくらむほどの喜悦に身をよじり、恥ずかしいほどの我慢汁を漏らしてしまう。

「いやだ、こんなにあふれさせて」

女将は甘くささやくと、鈴口に唇を押しつけてチュッと吸ってきた。のけぞる

晴之をよそに、そのままねろねろと舌を動かし、フェラチオを開始した。

「ああっ、本当に硬い。これで突いてくれるのね？　わたしを泣かせてくれるのね？　想像しただけで、ドキドキしてきちゃう」

うわごとのように言いながら舌を使い、みるみるうちにペニスの先から根元まで、唾液にまみれさせていく。

「ぅんあっ！」

やがてずっぽりと咥《くわ》えこむと、唇をスライドさせながら上目遣いで晴之を見てきた。〝どう？　気持ちいい？　という心の声が聞こえてくる。

（エ、エロい……エロすぎるだろ……）

晴之は顔を真っ赤に上気させ、首に何本も筋を浮かべながら、女将の顔をむさぼり眺めた。

フェラチオそのものも気持ちよかったが、なにより舐め顔がいやらしすぎた。熟女の凛とした美貌が、ペニスを咥えることによって、卑猥に歪《ゆが》む。眉根を寄せ、鼻の下を伸ばした表情に、悩殺されてしまう。

「ぅんんっ……ぅんんっ……」

晴之の気持ちも知らぬげに、女将は口腔奉仕に熱をこめてきた。しゃぶっては舐め、舐めては根元を手でしごき、頬ずりまで織り交ぜて愛撫してくる。

「ま、まずいですよ……」

晴之はたまらず声を震わせた。興奮に迫《せ》りあがってきた睾丸《こうがん》が、体の内側にめりこみそうだった。

「そんなにしたら……で、出ちゃいます」

「ふふっ」

女将は淫靡に笑うと、唾液のしたたった顎《あご》を指で拭った。

「ダメよ、お口の中なんかで出したりしたら。もっと気持ちのいいところで出したいでしょう?」

「そ、それは……もう……」

晴之がこわばった顔でうなずくと、女将はもう一度淫靡な笑みをもらして体を起こし、晴之の腰にまたがってきた。

騎乗位の体勢だった。

しかし、普通の騎乗位ではない。

両膝を立てた、和式トイレにしゃがみこむような格好で、そそり勃ったペニスの切っ先を、女の割れ目にあてがった。

（うわあっ……）

晴之は眼を見開き、息を呑んだ。

めくれた緋襦袢から白い下半身が露出され、結合部が丸見えだった。アップにまとめた黒髪や白い足袋すらも、もはや淫らな光景に奉仕する卑猥な小道具にしか見えなかった。

「いくわよ」

女将は羞じらうように顔をそむけつつも、欲情を隠しきれない横顔で、腰を落としてきた。縁の黒ずんだアーモンドピンクの花びらを巻きこんで、女の割れ目に亀頭をずぶりと呑みこんだ。

「あああっ……」

眉根を寄せてあえいだ女将は、けれども一気にはペニスを呑みこまなかった。小刻みに腰を上下させては、じわり、じわり、と結合を深め、自分を焦らすことで欲情を高めているようだった。

「くぅううーっ！」

いよいよ我慢できなくなり、最後まで腰を落としきると、お互いの陰毛がからみあいそうな粘っこさで、ぐりぐりと腰をまわしてきた。

「ああぁっ、すごい硬いっ……」

ハアハアと息をはずませながら、潤みきった瞳で見つめてくる。

「嬉しいわよ……こんなに興奮してくれて、嬉しいわよおおおっ……」

両脚を前に倒すと、クイッ、クイッ、と股間をしゃくるように腰を使いはじめた。

「おおおっ……」

あまりにいやらしい腰使いに、晴之はたまらずだらしない声をもらしてしまった。じっとしていることができず、両手を伸ばして双乳を揉んだ。緋襦袢に包まれた蕩けるような乳肉の感触に、ペニスがひときわ野太くみなぎっていく。

「ああっ、いいっ！」

女将が唇をわななかせた。

「いいわ、あなたっ……すごいっ……すごい感じちゃうっ……」

白髪のカツラと鼈甲メガネで変装した晴之に、女将は亡夫を見ているようだった。

「ああっ、突いてっ！　あなたも突いてえええーっ！」

「むううっ！」

あられもなく乱れはじめた女将の姿に、晴之は奮い立った。もっと乱れさせてやろうと、下から突きあげた。ぐいぐいと律動を送りこみながら、豊満な乳房に指を食いこませた。

「いいっ！　いいっ！　ねえ、イッちゃいそうっ……わたしすぐにイッちゃいそうようっ……」

眼をつぶり、腰を振りたてる女将は、亡夫とまぐわう夢の中で、一足飛びにオルガスムスに駆けあがっていった。

第五章　もっこりの女

1

「番台さん！　ちょっと番台さんってば！」

全裸の婆様に金切り声を浴びせられ、晴之はハッと我に返った。

「牛乳代、ここに置いとくからね。まったくどうしちゃったんだい？　眼開けたまま寝てるかと思ったよ」

「いやあ、申し訳ない。いささか寝不足なものでしてな」

晴之は苦笑いをして頭をかいた。

この二、三日、昼の仕事中も、銭湯の番台に座っていても、心ここにあらずの状態で、ぼんやりしてしまうことがやけに多い。

小料理屋の女将との一件が、まだ尾を引いていた。

妖艶《ようえん》な緋襦袢《ひじゅばん》姿の女将に騎乗位でいやらしく腰を振りたてられ、晴之は会心《かいしん》の射精を遂げた。あお向けになった体が、ビクンビクンと波打つくらいすさまじい射精感だった。そして女将は、晴之がすべてを吐きだすと、やさしく抱きしめてくれた。

「よかった……すごく」

嚙みしめるように言い、まだ完全には呼吸の整っていない口で、甘いキスを与えてくれた。

「本当に夢を見てるみたいだった。あの人が、生き返った……」

「何度でも生き返りますよ」

晴之もハアハアと息をはずませながら、まぶしげに眼を細めて女将を見た。

「僕は毎日『花の湯』に来てますから、女将さんがその気になったときに声をかけてくれれば、いつだって……」

切々と言葉を継ぎながら、晴之は心の中でほくそ笑んでいた。これから何度でも女将と体を重ね、快楽の海に溺れることができると思うと、ほくそ笑まずにはいられなかった。たったいま射精をしたばかりなのに、身の底からむらむらとエネルギーがこみあげてくるようだった。

ところが女将は、

「ダメよ」

哀しげな笑みを浮かべて首を振った。

「夢を見るのは、一度だけだからいいんじゃないかしら。何度もあったら、夢じゃなくて現実になっちゃうもの」

「えっ？　それじゃあ……」

「お店にはもう来ないで。わたしも銭湯には二度と行かないから」

「そ、そんな……」

晴之は泣きそうな顔になったが、それ以上言葉は告げなかった。女将の決意が固そうだったからだ。二十歳のあなたと四十路の自分が恋仲になっても未来はないわ、とその顔には書いてあった。

（きっと女将さん、俺に気を遣ってくれたんだろうな。夢を見続けたいのは山々でも、ズブズブの関係になったら俺のためにならないって……）

気持ちはわかるが、せめてあと二、三回でいいから夢を見続けたかった。女将の妖艶な緋襦袢姿はそれくらい魅力的だった。

（んっ？）

女湯の扉が開き、客が入ってきた。

二十代前半の、グラビアアイドルを思わせる可愛い女が、番台に座った晴之を見てニッと笑った。

「お忙しいところすみません。わたし、こういう者なんですが……」

女は客ではなかった。

入浴料のかわりに番台に差しだされたのは、一枚の名刺。

「もっこり元気堂　販売促進課長　吉江果穂子《よしえかほこ》」と書いてある。

きわどい社名にも軽く引いたが、肩書きに不釣りあいな若さと美貌《びぼう》が、チグハグな印象だった。

果穂子はどう見ても二十二、三歳。派手な栗色の髪をくるくるにカールさせ、眼が大きな可愛い顔をしている。それも並みの可愛さではなく、彼女が入ってきた瞬間、天井の照明が明るくなったのかと錯覚してしまったほどだった。

「えぇーっと、いったいどういうご用件でしょうか？」

晴之が名刺と顔を交互に眺めながら訊ねると、

「実はですね……」

果穂子は番台の机に箱を置いてきた。ドリンク剤がびっしりと詰まった箱で、彼女は中から一本取りだした。

「この『もっこりドリンク』を、こちらの銭湯にぜひ置かせていただきたいと思いまして。滋養強壮、精力回復に絶大な威力があるドリンクなんです」

言いながら、牛乳などが入ったガラス張りの冷蔵庫を見た。なるほど、その脇に並べて売ってほしいということらしい。

「はあ。『もっこりドリンク』ですか……」

晴之はドリンクの瓶を受けとってしげしげと眺めた。

オットセイとアワビのイラストが、露骨にセックスを連想させた。おまけに値段が千円もする。小銭しか持ってこない銭湯の客が食指を動かすわけがない。

「せっかくですが……」

晴之はドリンクを果穂子に返した。

「ちょっとうちにはそぐわないみたいなので、他をあたってください」

だいたい、晴之にはなんの決定権もないし、露骨な名前とイラストの「もっこりドリンク」を叔母に渡すのも嫌だった。叔母は真面目で心清らかなタイプなので、渡せば気まずい思いをすること必至である。

「そんなこと言わないでくださいよぉ」

果穂子が媚《こ》びを含んだ甘い声でささやく。

「わたし、どこに行っても断られてばっかりで、このままじゃ会社に帰れないんです」

「そう言われましてもねえ」

晴之は苦笑するしかなかった。可愛い彼女の力になってやりたい気もしたが、ダメなものはダメである。

「じゃあ、わたし、お風呂に入っていきますから、その間にじっくり考えていただけません？　ね？　それくらいいいでしょう？」

果穂子は番台に入浴料の小銭を置くと、そそくさと脱衣場の奥に進んだ。

「いや、ちょっと……お風呂って……」

唖然とする晴之を尻目に、果穂子はブラウスを脱いでしまった。淡い紫色のブラジャーに包まれた巨乳は、一秒見ただけで勃起をうながす悩殺的な迫力があった。

（嘘だろ……なにやってるんだ？）

晴之は伊達《だて》メガネの下で眼を凝らした。

営業に来ておいて風呂に入ろうとする突飛《とっぴ》な行動にも驚かされたが、なにしろ彼女はアイドルも顔負けなくらい可愛い。淡い紫色のブラジャーに包まれた巨乳を見せつけられただけで、晴之は激しく勃起してしまった。

顔が可愛いだけではなく、スタイルも抜群。巨乳にもかかわらず、腰がくっきりとくびれ、ヒップのボリュームもたまらない。

（エロい……なんてエロい体をしてるんだよ……）

驚き呆れる晴之に見せつけるように、果穂子はスカートも脱いだ。ブラジャーと揃いの淡い紫のパンティが、股間にぴっちりと食いこんでいた。

（うおおおっ！）

晴之の体は興奮に震えだしてしまった。パンティのフロント部分がレースになっていて、黒い繊毛が透けていたからだ。顔に似合わず毛深いようで、上品な淡い紫のレースがたまらなくいやらしいことになっている。

「ねえ、番台さん」

恐ろしいことに、果穂子は下着姿で近づいてきた。

「ちゃんと考えてくれてます？『もっこりドリンク』をこの銭湯に置いてくれるかどうか」

「あ、ああ……」

晴之はこわばりきった顔でうなずいた。

淡い紫のブラジャーはフルカップだったが、にもかかわらず乳肉の隆起と胸の谷間がはっきりと見えた。よほどの巨乳でないと、こうはならない。

おまけに肌の色艶《いろつや》がミルクを練りこんだようにつやつやで、なんとも言えない甘い匂いが漂ってくる。勃起しきった男根に血液が集まりすぎて、眩暈《めまい》さえ襲いかかってきそうだ。

「ねえ、飲んでみて」

果穂子が「もっこりドリンク」の蓋《ふた》を開け、差しだしてくる。

呆然《ぼうぜん》としていた晴之は、糸で操られるマリオネットのようにそのドリンクを飲んだ。眼の前の光景がいやらしすぎて、味などまるでわからない。

「おいしいでしょう?」

潤んだ瞳で訊ねられると、反射的にうなずいてしまった。

「じゃあ、置いてもらえますね。これにサインして」

差しだされた契約書に、晴之は眼も通さずにサインしてしまった。とにかく、彼女が下着を脱ぐところを一刻も早く拝みたくて、いても立ってもいられなかった。

(さあ、脱げ。全裸になって風呂に入れ……)

ところが、晴之が契約書にサインをするやいなや、果穂子はそそくさと服を着て、銭湯を出ていってしまった。

「ごめんなさい。今日は急いでるから、お風呂はまた今度ゆっくり入らせてもらいます」


「いったいなにを考えてるの？」

叔母の声は怒りに震えていた。

「ごめんなさい」

がっくりとうなだれた晴之の手には、「もっこりドリンク」が詰まった箱が持たれていた。

「牛乳でもジュースでも、うちは昔からのお付き合いのところに頼んでるんだから、そんなもの置けるわけないでしょう。だいたいなんなの、その口に出すのも穢《けが》らわしい名前は……」

叔母は「もっこり」の四文字が眼に入るのも嫌だとばかりに顔をそむけた。生真面目な性格で、シモネタ関係が大嫌いな人なのだ。

「本当にごめんなさい」

晴之は平謝りに謝まった。契約は白紙に戻すしか道はないようだった。果穂子には申し訳ない気もしたが、これ以上叔母を怒らせるわけにもいかない。

翌日は「花の湯」の定休日だった。

晴之は昼の仕事を終えると、果穂子に電話をして面会を求めた。喫茶店の席で向かいあい、深々と頭をさげると、

「はあ？」

果穂子は可愛い顔を思いきりこわばらせた。

「契約を取り消したいって、それはいったいどういうこと？」

「すいません。事情が変わりまして……」

「だいたい、契約書にサインしていただいたおじいちゃんはどうしたの？　あなた、お孫さんかなにか？」

「いえ……」

素顔で面会に向かった晴之は、白髪のカツラと伊達メガネを出して事情を説明した。自分は「花の湯」の親戚《しんせき》筋で、入院している叔父の代わりに番台に座っているだけで、決定権はなにひとつないのだと切々と訴えた。

「そう言われてもねえ……」

果穂子は意地悪げに唇を歪《ゆが》めた。

「いったん契約してしまったものを反故《ほご》にすることはできないのよ。叔母さんがどうしても銭湯に置かせないって言うなら、あなたが買い取ってくれるしかないわね、毎月毎月」

「そんなことできるわけないじゃないですか」

晴之は泣きそうな顔になった。

「謝ってるんだから勘弁してくださいよ。だいたい、置いても誰も買ってくれませんって、こんな高いだけのインチキくさい品物」

「インチキとはなによ？」

「だってそうじゃないですか。なんなんですか、この能書きは……」

晴之は瓶のラベルに書かれた文字を読んだ。

「これ一本で今夜から何回戦でもＯＫ。バイアグラを超える威力に世界中から称賛の声……訴えられますよ。バイアグラの会社に」

「でも、あなた……」

果穂子が卑猥《ひわい》な笑みをもらした。

「番台でこれ飲んで勃起してたじゃないの？」

「そ、それは……果穂子さんがエッチな下着姿で近づいてきたからですよ。ドリンク剤の効果じゃなくて」

勃起したのは事実だったので、晴之は真っ赤になって答えた。

「じゃあ……」

果穂子は意味ありげに声をひそめると、ぞくぞくするほどいやらしい眼つきで、晴之のことを見つめてきた。

「効果が実感できれば置いてくれるのね？」

「そ、それは……」

晴之はどう答えていいかわからなかった。果穂子の眼つきがいやらしすぎて、一瞬、頭の中が真っ白になってしまった。

2

晴之と果穂子はラブホテルの部屋にいた。

いったいなにをするつもりなのか、果穂子が「もっこりドリンク」の効果をここで証明してくれるらしい。

（まあ、魂胆はだいたいわかるけど……）

晴之は胸底でつぶやいた。

思えば前回も、いきなり見せつけられた下着姿にぼうっとしているうちに、契約書にサインさせられてしまったのだ。今回もまた、色仕掛けをしてくるに違いない。それも、寸止めのギリギリでセックスだけは回避するという、卑怯な手を使ってくるに決まっている。

ならば……。

（それを逆手に取って、寝技にもちこんでやんなきゃ気がすまないよ……）

晴之はラブホテルに入るときから胸に誓っていた。

お互いに腰を振りあってしまえば、ドリンク剤の効果もへったくれもない。こちらがハッスルしてしまったのは、彼女の腰振りがいやらしすぎたからだと言い訳すればいいのである。

「じゃあ、飲めばいいんですか？」

晴之が「もっこりドリンク」の蓋を開けようとすると、

「待って、まだ早い」

果穂子は首を横に振った。

「ドリンクは、一回射精してから飲んでもらいます。そうすれば、あなたのように若い子でも効果が実感できるから」

「一回射精って……」

晴之は訝《いぶか》しげに眉をひそめた。

「どうやって出すんですか？」

「オナニーすればいいじゃない」

果穂子は涼しい顔で言い放った。

「はあ？　どうして僕がそんなこと……」

「やらなきゃ証明できないでしょ。それに……」

果穂子は意味ありげに眼を細めてささやいた。

「女に見られながらオナニーするの、あんがい気持ちがいいんじゃないかしら？」

「いやあ……そんな馬鹿な……」

晴之は苦笑するしかなかった。

隙《すき》あらば寝技に持ちこむつもりでラブホテルまでやってきたのに、オナニーとは笑止千万である。そんな恥ずかしい思いをするくらいなら、違約金でも払ったほうがまだマシだ。

「しょうがないなあ……」

晴之が動こうとしないので、果穂子は深い溜息をついた。にわかに瞳が潤み、唇が半開きになって、アイドル並みに可愛い顔立ちが、みるみるうちに淫らになっていく。

「じゃあ、わたしがオナニーのおかずになってあげるから。それならいいでしょう？」

ブラウスとスカートをあっという間に脱ぎ去って、下着姿になった。

（うわあっ……）

晴之は眼を見開き、息を呑んだ。

今日の下着は、白地に花柄をあしらったものだった。柄は可愛くても、ブラジャーはハーフカップで豊満な乳肉がはみ出し、パンティは極端なハイレグのうえTバックで、丸々としたヒップの双丘がほとんど見えている。

いやらしすぎるセミヌードだった。

晴之は一秒で勃起した。

さらに果穂子は、ソファに腰をおろして、両脚を開いた。悩殺的なM字開脚を披露して、どうよとばかりに視線を投げてくる。

（ちくしょう……）

どこまでも挑発的な果穂子の態度に気圧《けお》されつつ、晴之は服を脱ぎ捨てた。勃起しきったペニスを取り、むんずとばかりに握りしめた。

すりすりとしごきたてると、たまらない快感と同時に、身をよじりたくなるほど羞恥心が疼いた。人前で自慰を行うなど、ナイーブな二十歳の男にとって、これ以上恥ずかしいことはない。

だが、眼の前には自慰をせずにはいられないほどいやらしい光景がひろがっている。

ソファに腰をおろした果穂子は、M字開脚を披露しただけでは飽きたらず、左手を乳房に、右手を股間にもっていった。乳房をブラ越しに揉みしだき、指でパンティに包まれたヴィーナスの丘をねちねちと撫でさすっては、ねっとりと潤んだ視線を投げてくる。

もはや彼女自身も、オナニーをしているのと同様の有様である。

「早く出してね……たくさん出してね……」

グラマーなボディを妖しくくねらせながら、眉根を寄せた悩ましい表情でささやく。

「そうしたら、『もっこりドリンク』がインチキじゃないって証明してあげるから」

ヴィーナスの丘に置かれた指が、尺取り虫のように麓《ふもと》に這っていき、

「あんっ！」

と熱っぽい声をもらした。パンティの上からクリトリスの位置を探りだし、刺激していることがはっきりとわかる。

「むうっ！　むううっ！」

晴之は鼻息を荒らげて、ビンビンに硬くなった分身をしごき抜いた。そこまで言うのなら、ぜひとも証明してもらおうじゃないかと胸底でつぶやき、一気呵成《いっきかせい》に射精まで昇りつめていく。

「おうおうっ……出ますっ……もう出ますっ……おおおおーっ！」

雄叫びをあげて、白濁のエキスを噴射させた。身をよじる快楽が訪れ、男の精が、ピュッピュ、ピュピッピュ、と宙を舞っていく。

「やあんっ、すごい勢い」

果穂子は眼を丸くして、キャッキャと歓声をあげた。射精を終えると、「もっこりドリンク」の瓶を片手に近づいてきた。晴之は絨毯《じゅうたん》に膝をつき、ハアハア

と息を荒らげていたが、ほとんどヤケになってそれを飲んだ。

「どう？」

果穂子が甘い声でささやいてくる。

「すぐにもう一回くらい射精できそうでしょう？」

「そ、それは……」

晴之は口ごもった。正直、体調に変化はなかった。そもそもまだ呼吸も整っていないし、ペニスは勃起を保ったまま余韻《よいん》にぷるぷる痙攣《けいれん》している状態なのである。続けてもう一回射精するなんて、考えたくもない。

「大丈夫よ、きっと」

果穂子の右手が、股間に伸びてきた。まだ湯気のたちそうなザーメンにまみれているペニスを、躊躇《ためら》うことなく握りしめられ、

「おおおっ……」

晴之はだらしない声をもらしてしまった。すりすりとしごかれると、白濁液の残滓《ざんし》がヌルヌルのローション効果を発揮し、身をよじらずにはいられなかった。

「やめてっ！　やめてくださいっ……」

晴之は情けない声をあげて、くねくねと身をよじらせた。射精を遂げたばかり

のペニスをしたたかにしごかれるのは、くすぐったくてしようがない。苦悶のあまり、額から脂汗《あぶらあせ》が滲《にじ》みだしてくる。

「どうして？『もっこりドリンク』のおかげで、こんなにカチンカチンになってるじゃない？」

果穂子は涼しい顔でささやくと、晴之をベッドに押し倒した。ズボンとブリーフを一気に脱がされた。さらに自分のブラジャーも取って、ベッドにあがってくる。

（うわあ……）

晴之は自分の両脚の間で四つん這いになった果穂子を見て、息を呑んだ。

グラビアアイドル並みのルックスの美女が、乳房を丸出しにした格好でこちらに眼を向けている。黒い瞳をねっとりと潤ませて、晴之の顔とペニスを交互に眺める。「もっこりドリンク」の効能ではなく、いやらしすぎるその光景が、男の欲望器官を芯から熱く疼かせる。

「ほーら、ビクビクしてるじゃない？」

果穂子は再びペニスを握りしめると、可愛い顔まで近づけてきた。ピンク色の舌を出し、白濁液の残滓を拭うように、ペロリ、ペロリ、と舐めはじめた。

「おおおっ……」

晴之は声をあげてのけぞった。

射精の余韻がまだ残っている欲望器官に、舌の刺激は生々しすぎた。くすぐったさが体の芯まで染みこんでくるようだったが、拒絶はできない。下を向いたたわわな巨乳を揺らしながら、ペロリ、ペロリ、と舌を這わせる果穂子の姿が、悩殺的すぎて抵抗できない。

（なんてエロい顔して舐めるんだよ……）

眼を見開き、可憐にして卑猥な舐め顔を脳裏に焼きつけようとした。この顔を思いだすだけで、これから何度でも自慰に耽《ふけ》ることができそうだった。

「しゃぶってあげましょうか？」

果穂子が赤い唇をOの字に開き、淫らがましく収縮させた。女性器の形状を、ありありと彷彿《ほうふつ》させる唇だった。その唇で咥えられ、しゃぶりまわされるところを想像しただけで、晴之は背筋がぞくぞくしてしまった。

「それとも、おっぱいがいいかしら？」

果穂子はたわわに実った双乳を両手ですくいあげると、ぷるぷると揺らしながら寄せていき、深い谷間を見せつけてきた。

「どうする？　お口でしゃぶる？　それとも、おっぱいに挟む？」

「おっぱいでお願いします！」

晴之は反射的に答えてしまった。

女の花を彷彿とさせる赤い唇も魅力的だったが、パイズリの誘惑にはかなわなかった。

なにしろ、パイズリなんていままで一度もされたことがないのだ。果穂子の乳房は豊満なのに張りがあり、挟まれたらたまらなく心地よさそうだった。

「ふふっ、いいわよ」

果穂子は口許に淫靡《いんび》な笑みをもらすと、眼も眩《くら》みそうなほど深い胸の谷間に、勃起しきったペニスを挟んできた。

「むうう……」

晴之は息を呑んでのけぞった。

3

パイズリの快感は、されてみないとわからない。

ＡＶなどで観てもいまひとつピンとこなかったのは、手コキのように強烈にしごかれるわけでもなく、口唇や蜜壺のように粘膜系の粘りつくような密着感があるわけでもないから、想像しづらかったのだ。

しかし、その刺激を受けた晴之は、瞬く間に虜《とりこ》になった。巨乳にもかかわらず、むちむちと張りがある果穂子の乳房にペニスを挟まれると、体全体が乳房に包みこまれるような、なんとも言えない安心感を覚えた。

「どう？　気持ちいい？」

果穂子が挟みながら上体を揺らす。ふたつの胸のふくらみの間で、ヌルリ、ヌルリ、とペニスがすべった。射精の残滓と、果穂子の唾液が天然のローションとなり、息がとまるほどの愉悦が押し寄せてくる。

「き、気持ちいいです……」

晴之は首に筋を浮かべ、真っ赤な顔で答えた。

肉体的な刺激に加え、見た目もいやらしすぎる。

挟んではいけないところにペニスが挟まれ、時折、白い乳肉の間から赤黒く充血した亀頭が顔を出す。先端から涎《よだれ》じみた我慢汁を漏らしている亀頭を、果穂子が舌を伸ばしてペロペロ舐める。フェラチオよりも騎乗位よりも、愛を感じさせるやり方である。

「ふふっ、出ちゃいそう？」

果穂子が上目遣いで見つめてくる。

「ううっ……」

晴之は一瞬、言葉を返せなかった。さすがに先の射精からまだ五分くらいしか経っていないので、そこまで追いこまれていたわけではない。しかし、あっさりとそれを認めてしまうと、再び自慰をしろなどと言われてしまうかもしれない。

なんとか彼女も欲情させ、挿入まで雪崩《なだ》れ込む方法はないだろうか。

「シ、シックスナインを……」

「えっ？」

「シックスナインをさせてくれたら、すぐにイッちゃいそうです」

「……いやらしいわね」

果穂子は怒ったように頬をふくらませ、唇を尖《とが》らせたが、眼を泳がせて逡巡《しゅんじゅん》した。連続射精にさえ導いてしまえばこちらの勝ちだと、彼女の顔には書いてあった。しかし、最後の一枚であるパンティを脱ぎ捨て、女の花をさらけだすことに抵抗があるらしい。

「ああっ、早くっ！」

晴之は身をよじって急《せ》かした。

「早くしないと『もっこりドリンク』の効果が薄くなっちゃいますよ。いまなら……いまならすぐに出そうなのに……」

「ううっ……」

果穂子は羞じらいに唇を嚙みしめたが、背に腹は替えられないと思ったのだろう。ここまでして射精に導けないのは、彼女としては最悪の結果なのだ。

「本当にすぐにイキそうなの？」

「はい」

晴之がうなずくと、

「……わかった」

果穂子は一瞬躊躇《ちゅうちょ》してから、パイズリの体勢を崩してパンティを脱いだ。

丸々と張りつめた尻を向け、晴之の顔にまたがってきた。

（すげえっ……）

眼の前に迫ったヒップの迫力に、晴之は唸《うな》った。巨尻と呼んでもよさそうな、丸みと量感をたたえたヒップだった。

両手を伸ばし、双丘を撫でまわしてみれば、つるつるした肌の質感と、悩ましいほどの丸みにうっとりしてしまう。丸みを吸いとるように、手のひらを這わせずにはいられない。

（おおっ、オマ×コ……）

桃割れをのぞきこんでいくと、そこにはひっそりとアーモンドピンクの花が咲いていていた。果穂子が恥ずかしがって尻を引き気味にしているので、まだ全貌は拝めないものの、芳《かぐわ》しい女の匂いがほのかに漂ってくる。

「もっと突きだしてくれないと、舐められませんよ」

巨尻にぐいぐい指を食いこませて揉むと、

「そんなに一生懸命舐めなくていいからね！」

果穂子は尖った声をあげつつも、尻を突きだしてくれた。ぽってりと肉厚なアーモンドピンクの花びらが、慎ましげに身を寄せあい、魅惑の一本筋をつくっていた。

「むううっ！」

晴之は巨尻を割りひろげながら、すかさずその部分に唇を押しつけた。花びらの弾力も眼も眩《くら》むほどいやらしかったけれど、舌を差しだしてそれをひろげると、さらに強烈な魅惑を放つ、薄桃色の粘膜が姿を現した。

「ああっ！　くぅうう……」

果穂子が四つん這いの身をよじる。薄桃色の粘膜をねろねろと舐めまわされる刺激に、淫らがましい反応を見せる。

「気持ちいいですか？」

晴之は、ツツーッ、ツツーッ、と舌先で割れ目を舐めあげながら訊ねた。

「ただフェラしてるより、こっちのほうが果穂子さんも燃えるでしょう？」

「くぅうう……い、いいからっ！」

果穂子は悔しげな声をあげ、勃起しきったペニスをしたたかにしごいてきた。

「あなたは早くイケばいいのよ。イキそうだったんでしょ？　ほーら、今度はしゃぶってあげる……ぅんあっ！」

「むううっ！」

ペニスをずっぽりと口唇に咥えこまれ、晴之はのけぞった。

もったいぶっていただけあって、果穂子はフェラチオ巧者だった。粘りつくような唾液を口内で大量に分泌させると、その唾液ごと、じゅるっ、じゅるるっ、と吸いあげてきた。小刻みな震動が勃起の芯まで響いてきて、いても立ってもいられなくなる。

「むううっ！」

晴之は必死に気を取り直し、肉穴に舌を埋めこんでくなくなと躍らせた。

負けるわけにはいかなかった。

こうなった以上、是が非でも果穂子を欲情の際まで追いこんで、彼女のほうから結合を求めさせなければならない。うっかり先に射精などしてしまえば、「もっこりドリンク」の効能を証明してしまうことになる。

「むぐっ……むむむっ……」

「ぅんあっ……ぅんぐぐっ……」

相舐めによる我慢比べの攻防戦は三十分以上続いた。

お互いに意地を張りあい、ムキになって性感帯を刺激しつづけたので、全身汗みどろになるほど欲情しきってしまった。

「ねえ、まだなの？　まだイカないの？」

果穂子が切羽つまった声をあげる。女性上位のシックスナインで四つん這いになったグラマラスボディは、欲情の汗にまみれているだけではなく、生々しいピンク色に輝いている。

「そっちこそ、そろそろ欲しくなってきたんじゃないですか？　クンニだけじゃ物足りなくて、別のものが……」

晴之は真っ赤に顔を燃やしつつも、クリトリスをねちねちと舐め転がした。舌を使いながらも、果穂子のフェラが気持ちよすぎて身をよじるのをやめられなかった。

しかし、負けるわけにはいかない。

先に射精に導かれることだけは断固拒否だ。

「ほーら、オマ×コがすごい締まってますよ。チ×ポが欲しいって悲鳴をあげてますよ」

クリトリスを舌先で転がしながら、肉穴にずぶずぶと指を差しこんでGスポットを掻き毟《むし》ってやる。ちょうど恥丘《ちきゅう》を挟んで、内側からと外側からと、女の急所を二カ所同時に責める格好だ。

「はっ、はぁああうううーっ！」

果穂子は獣じみた悲鳴をあげた。肉穴に差しこんだ指を鉤《かぎ》状に折り曲げて抜き差しすると、じゅぼじゅぼと音をたてて大量の蜜があふれてきた。潮さえ吹きそうな勢いだった。

「ダ、ダメッ……」

果穂子はちぎれんばかりに首を振り、ついに降参した。

「もうダメッ……もう我慢できないっ……入れるわよっ……もう入れさせてええっ……」

シックスナインの体勢を崩し、体を反転させて騎乗位の体勢で結合してきた。びしょ濡れの蜜壺に、ずぶずぶとペニスを埋めこんだ。

「あああああっ……」

果穂子が喜悦に歪んだ声をあげ、

「むううっ！」

晴之は唸った。

我慢比べに勝利した余韻に浸っていることなど、できなかった。シックスナインでこってりと舐めまわした蜜壺はとびきりの締まりになっていて、結合した瞬間、頭の中が真っ白になってしまった。

「ああっ、すごいっ……硬いっ……」

果穂子がすかさず腰を使いはじめる。股間に埋めこんだ男性器官を味わうように、ぐりぐりと股間を押しつけてくる。

「んんんっ……この硬さ、『もっこりドリンク』のおかげでしょ？　ねえ、そうでしょ？」

「果穂子さんのおかげですよ」

晴之は上体を起こし、果穂子を押し倒して正常位に体位を変えた。

「たまりませんよ、果穂子さんの体……おおおっ……締まるっ……なんて締まるオマ×コなんだっ！」

果穂子の両脚をつかみ、卑猥なM字にぐいぐいと割りひろげながら、怒濤《どとう》の連打を放った。グラマラスなボディが浮きあがるくらいの勢いで、パンパンッ、パンパンッ、と音をたてて突きあげた。

「はぁああっ！　いいっ！　いいいーっ！」

ひいひいとよがり泣く果穂子の抱き心地は最高で、晴之は夢中になった。

さすがグラビアアイドル顔負けのルックスをしているだけあって、見た目がすごい。M字開脚で貫かれている姿がいやらしすぎる。もう降参、とばかりに両手をあげ、汗にまみれた豊満バストを揺れはずませている様子を、凝視《ぎょうし》せずにはいられない。

（たまらない……たまらないよ……）

双乳を揉みしだいては腰をまわし、くびれた腰をつかんでは連打を放つ。ずちゅっ、ぐちゅっ、という肉ずれ音が、卑猥なポーズをした美しい容姿を、さらに淫らな姿に見せる。

我慢できなくなってしまった。

濃厚なシックスナインで芯が疼いていたペニスに、耐性はなかった。

みるみる射精の前兆が近づいてきて、体中が小刻みに震えだした。

「おおおっ……出るっ……もう出るっ……」

渾身《こんしん》のストロークでフィニッシュの連打を開始すると、

「はぁあああああーっ！」

果穂子は激しく首を振りながら、ブリッジするように背中を反らせた。

「わたしもっ……わたしもっ……」

可愛い顔をくしゃくしゃに歪めきって、切羽つまった声をあげた。

「イッ、イッちゃうっ……イッちゃいそうっ……イクイクイクッ……はぁあああああーっ！」

ビクンッ、ビクンッ、と五体を跳ねあげて、果穂子は絶頂に達した。

「むううっ……」

晴之は真っ赤な顔で唸った。

果穂子が見せるオルガスムスの百面相をもっと眺めていたかったが、射精をこらえきれなくなった。締まりを増した蜜壺が男の精を吸いだしにかかり、それが放出のひきがねになった。

「もう出るっ……出るうううーっ！」

ずんっ、と最奥まで突きあげて、煮えたぎる欲望のエキスを噴射させた。ドクンッ、ドクンッ、と暴れだしたペニスから、白濁の粘液を氾濫《はんらん》させた。

「はぁあああーっ！　はぁうううううーっ！」

果穂子がひときわ甲高い悲鳴をあげて、五体の肉という肉を、ガクガク、ブルブル、と痙攣させた。

（すげえっ……すげえええっ……）

晴之はしつこく腰をひねり、長々と射精を続けた。

「もっこりドリンク」の契約を反故にするために頑張っていたはずだったが、そんなことはもうどうでもよかった。果穂子の体は最高だった。この体を定期的に抱くことができるなら、自腹を切って毎月何ダースか買いつづけてもいいとすら思った。

しかし、晴之がその後、果穂子と会うことはなかった。

もちろん、まぐわうチャンスもだ。

「もっこりドリンク」の元締めの会社に、当局の手入れが入ってしまったからである。

効能がまるっきりインチキだったうえ、巨額な脱税まで発覚したらしい。

まったく、悪いことはできないものだ。

その後、果穂子とは二度と連絡が取れなくなり、彼女から連絡が届くこともまた、二度となかった。

第六章　憧れの叔母

1

叔父が退院した。

不幸な交通事故で半年間の入院を宣告されていたのだが、驚異の回復力で四カ月で退院できることになった。

「いままでありがとうな、晴之くん。おかげで助かったよ」

叔父に握手を求められ、晴之は照れながら応えた。もちろん喜ばしきことではあったけれど、胸中は複雑だった。

なにしろ、叔父が退院したということは、もう「花の湯」の番台に座れなくなるということだからである。この四カ月に起こった夢のような出来事が、走馬灯《そうまとう》のように脳裏に浮かんでは消えていった。

「花の湯」の番台に座る前、晴之は二十歳にして童貞という極めて恥ずかしい存在だった。

　それがひょんなことから、果物屋の看板娘に初体験の相手を務めてもらった。銭湯の洗い場でした泡踊りプレイや、会社のお局様がオナニーを見せつけてきたことや、小料理屋の女将に誘われたことや、インチキ精力剤のセールスレディに騙《だま》されかけたことまで、いまとなってはすべていい思い出である。これほど女運に恵まれた日々など、二度と訪れることはないだろう。

　だから、会社とアパートだけを往復する生活に戻ってみると、その味気なさに意気消沈せずにはいられなかった。

　地方から上京してきて二年、相変わらず心許せる友達はいないし、「花の湯」の番台時代にはあれほど次から次へとセックスできたにもかかわらず、結局恋人をつくることもできなかった。

　夜ひとりでぼんやりテレビを観ていても、時計ばかりが気になった。

「花の湯」はだいたい、九時から十一時くらいがピークの時間帯で、男湯も女湯も賑々《にぎにぎ》しくなる。番台でテレビを観ているフリをしつつも、服を脱いだり体を洗っている女たちに意識を奪われ、勃起したペニスを疼かせているのが常だった。

　忘れられなかった。

番台のアルバイトから離れて三日目の深夜、ついに我慢できなくなってアパートの部屋を出た。ふらふらと電車に乗って、「花の湯」のある下町に赴《おもむ》いた。なんのあてがあるわけでもなかった。

突発的な行動だったので、「花の湯」に着いた時刻は午前零時。叔母がのれんをしまっているところだった。

(なんだ、早いな。もう終わりかよ……)

晴之は咄嗟《とっさ》に電信柱の陰に隠れ、叔母をやりすごした。

せっかく電車に乗ってまでやってきたのだから、女湯をのぞいてから帰りたかった。のれんをしまっても、最後の客が数人いることはよくある。銭湯とコインランドリーの間にある隙間スペースに忍びこみ、コンクリートの塀をよじのぼっていく。

勝手知ったる場所だった。

風呂掃除をしながら、高い位置にある窓を眺めてよく思っていたものだ。この塀にのぼれば、女湯の洗い場をのぞきこむことができるだろうと。

(……嘘だろ?)

女湯にはもう、客はひとりも残っていなかったが、晴之は息を呑んで眼を見開いた。

激しい動揺が、鼓動を乱した。

全裸の叔母が洗い場に入ってきたからだった。

叔母の志津香は三十二歳。

母方の末妹で、母よりひとまわり年下である。清廉潔白を愛する性格は母によく似ているが、容姿はそうでもない。はっきり言って叔母のほうが遥《はる》かに美人であり、晴之にとっては昔から憧れの存在だった。

その叔母が素肌をさらして洗い場に入ってきたのだから、度肝を抜かれるのも当然だろう。叔母が女湯に入ることは日課だったが、いつもなら清掃や帳簿をつけるのが先なので、こんな早い時間には入らない。

たわわに実った豊満な乳房も、黒々と茂った草むらも丸見えだった。頭に白いタオルを巻いた姿が異様に艶《なま》めかしいのは、細い首筋を露《あらわ》にしているからだろうか。

（まずい……まずいよ……）

晴之は焦った。見てはならないものを見てしまった気がしたし、見つかれば大変なことになる。

しかし、動けなかった。見てはならない叔母のヌードは、禁忌《きんき》を超えて心を鷲づかみにする、悩殺的な色香を放っていた。

「大丈夫？」

叔母が脱衣所に向かって振り返ると、

「ああ……」

片足にギプスをした叔父が、よろよろと入ってきた。ギプスにはビニールが被《かぶ》せてある。

晴之はようやく合点がいった。交通事故で足を骨折した叔父を風呂に入れるため、早めの入浴タイムになったらしい。

叔母は叔父の体を支えて、カランの前の椅子に座らせると、背中を洗いはじめた。手のひらで直接、丁寧にシャボンをなすりつけていく。手つきから、叔父を愛《いと》しく思う気持ちがひしひしと伝わってくる。

「むうっ、生き返るよ……」

シャボンを湯で流されると、叔父がうっとりと眼を細めた。

たしかに極楽だろう、と晴之は思った。ふたりを見ていると、早く結婚したくなった。叔母のような嫁がいて、こんなふうに背中を洗い流してもらう生活こそ、晴之の夢見る幸せな結婚だった。

　ところが、うっとりしていた叔父の顔が、にわかに複雑に歪《ゆが》んだ。叔母の手が前にまわり、叔父の股間をまさぐりだしたからである。開いた両脚の間でぶらぶら揺れていたペニスを、シャボンにまみれさせていく。

「いいよ、おい……そこは自分で洗うから」

　叔父はくすぐったそうに身をよじったが、

「ふふっ、いいじゃない、遠慮しなくても」

　叔母は涼しい顔で笑った。顔つきとは裏腹に、手つきは息を呑むほどいやらしかった。ねちゃっ、くちゃっ、と音をたてて、洗っているというより、愛撫するようにペニスを揉みしごく。

「むむっ……むむむっ……」

　叔父の顔はみるみる真っ赤に上気していった。

　晴之にも経験があるが、女にペニスを洗われる快感は、何物にも変えがたいものがある。いや、勃起せずにはいられないものがある。

　叔父のイチモツも、程なくしてむくむくと鎌首をもたげ、呆《あき》れるほどビンビンに勃起しきった。

「ああんっ、大きくなった」

叔母は悪戯《いたずら》っぽく笑いながら、シャボンを湯で流した。叔父の体を反転させると、逞しく反り返った男性器をねっとりした眼で見つめ、四つん這いになった。

「おい、なにやってるんだ？」

叔父は真っ赤な顔で言ったが、叔母はかまわず勃起しきったペニスに顔を近づけていく。

「ふふっ、久しぶり」

叔母はペニスの根元を左手で包み、右手で亀頭をナデナデした。茶目っ気たっぷりな仕草だったが、欲情は隠しきれない。瞳が潤み、眼の下が紅潮している。

「……ぅんあっ！」

やがて、ピンク色に輝く舌を差しだすと、赤黒く膨張した亀頭を舐めはじめた。ねろり、ねろり、と舌を這わせ、お湯にはない唾液の光沢で男の欲望器官をいやらしく濡れ光らせていった。

（なにやってるんだよ、叔母さん……）

晴之は塀の上に立ったまま、全身を小刻みに震わせた。

背中を流すついでに、四つん這いになってフェラチオ——叔母は決してそういうことをしそうなタイプではないのだ。「もっこりドリンク」という言葉さえ発音するのを拒否するような生真面目な性格であればこそ、驚愕《きょうがく》を覚えずにはいられなかった。

しかも、舐め方が異様にいやらしく、

「ぅんんっ……ぅんんっ……」

と鼻息をはずませて、ねちっこく舌を這わせては、唇を卑猥《ひわい》なОの字に開いて亀頭をしゃぶりまわす。そうしつつ、四つん這いの体をくねらせる。頭に白いバスタオルを巻いているところが生々しい生活感を漂わせ、猥褻《わいせつ》な感じを増長させている。

（やめてくれ、叔母さん……そんなこと、叔母さんに似合わないよ……）

晴之は痛いくらいに勃起しながらも、せつない気持ちになった。

結婚しているので夫婦生活を営んでいて当たり前だが、せめてもっと慎ましく、薄暗い寝室で愉しんでほしい。なにも蛍光灯が煌々《こうこう》と灯った銭湯の洗い場で、そこまで熱心にペニスをしゃぶりまわさなくてもいいではないか。

「ぅんんっ……ぅんぐぐっ……」

晴之の気持ちも知らぬげに、叔母はひときわ深くペニスを咥えこむと、じゅるっ、じゅるるっ、と淫らな音までたてて口腔《こうこう》奉仕に熱をこめた。天井の高い銭湯の洗い場に、汁気をたっぷり含んだ肉ずれ音を響かせた。

「……ねえ？」

叔母は亀頭から口を離し、根元をすりすりとこすりたてながら上目遣いで叔父を見た。

「わたしも……わたしもしてよ……久しぶりに舐めて……」

「いや、しかし……」

叔父はギブスを嵌《は》めている足を見て、苦々しい顔になった。片足が不自由なので、どういう体勢でクンニリングスをすればいいのか悩んでいる。

「大丈夫だから」

叔母は甘くささやいて立ちあがった。

叔父の顔の前に股間を近づけていき、蛇口の上にある台に片足をのせた。石鹸やシャンプーを置くところだ。両脚をL字に開いた状態で叔父の頭を両手でつかみ、股間を出っ張らせた。

「ああっ、舐めて……舐めてちょうだい……」

眉根をきゅうっと寄せたいやらしい顔で、腰をくねらせ、女の部分を叔父の口に押しつけていく。

（マジかよ……）

晴之は啞然としてしまった。

いつもの叔母とは完全に別人で、淫乱じみた振る舞いに戦慄《せんりつ》さえ覚えた。女という生き物は、昼の顔と夜の顔が別々な生き物なのだろうか。裸になれば、快楽を求めて恥も外聞も捨ててしまうのだろうか。

「ああっ、いいわ……たまらないわ……」

片脚立ちになった叔母は、叔父の頭をつかんで股間を押しつけ、舌奉仕を求めた。銭湯の洗い場で、顔面騎乗位にも似た大胆なやり方で、女の恥部を舐めまわされている。

「ああっ、もっと……もっと舐めて……わたし、ずっと我慢してたんだから……あなたが入院してた四カ月間、ずっと……」

眉根を寄せてささやけば、

「むううっ！　むううっ！」

叔父が応えるように鼻息を荒くした。

高い位置にある窓からのぞいている晴之には、舌使いそのものは見られなかったけれど、換気のために少し開けられた窓の隙間から、ぴちゃぴちゃと猫がミルクを舐めるような音が聞こえてくる。

「ねえ、あなたはどうしてたの？　入院してる間、オナニーしてたの？」

「するわけないだろ、足が痛いのに」

「嘘よ。絶対してたわよ。ああっ、男はいいわよね。わたしは恥ずかしくてできないもの。女はただ我慢するしかないんだから」

言葉とは裏腹に、叔母は見ているほうが恥ずかしくなるようないやらしい腰振りを披露して、クンニの刺激に淫していく。いや、クンニだけでは満足できなくなったらしく、生々しいピンク色に上気した双頰《そうきょう》を、卑猥なくらいピクピクと痙攣《けいれん》させる。

「ねえ、あなた……」

股間を叔父の顔から離して、叔母はささやいた。

「もう欲しい……あなたが欲しい……」

「わかったよ。じゃあ、寝室に……」

「寝室まで我慢できないの。ここで欲しいの」

叔母は甘えた声を出しつつも、有無を言わせない調子で叔父の腕を取り、タイルの上にあお向けに倒した。

　ペニスがすさまじい勢いでそそり勃っていた。口では理性的なことを言いつつも、叔父は興奮していた。フェラからクンニへの波状攻撃で欲情したことは間違いなかった。

「ああんっ、すごい元気……」

　叔母は淫らに眼尻を垂らした顔でささやくと、叔父の腰にまたがった。両脚を立てたM字開脚だった。タイルに膝をつくと痛いと判断したのだろうが、それにしてもいやらしすぎる格好である。

　晴之がのぞいている窓に対し、叔母は正面を向いていた。M字開脚で結合の準備を整えた叔母は、正視するのが耐え難いほどの淫気を振りまき、さすがの晴之も、横眼でうかがわなくてはならなかった。

「入れるわよ……」

　叔母はそそり勃《た》ったペニスを穴の入口にあてがうと、じりっと腰を落とした。挿入の快感をじっくり味わうためだろう、じわり、じわり、と結合を深めていくやり方に、いかにも欲求不満の熟女めいた色香が匂う。

（見たくない！　見たくないよ、叔母さんのそんな姿！）

晴之は胸底で叫び声をあげつつも、気がつけばペニスを取りだし、自慰を始めていた。我慢できなかった。

「んんっ……んんんっ……」

叔母はゆっくりと腰を落としていく。時折腰をくねらせたり、股間を上下に動かしながら、勃起しきった叔父のペニスを蜜壺に咥えこんでいく。

「くぅううーっ！」

最後まで腰を落としおえると、叔母は首に何本も筋を浮かべてせつなげな声をもらした。

たまらないようだった。

声をもらしながら、男女の陰毛をからみあわせるように腰をまわしはじめる。M字に開いた両脚の中心を、しつこく叔父に押しつけていく。ゆっくりと抜いては再び咥えこみ、結合の実感を嚙みしめている。

(エロいよ……エロすぎるよ、叔母さん！)

窓からのぞいている晴之の眼には、叔母が下の口で叔父のペニスをしゃぶりあげているようにしか見えなかった。普段の折り目正しい性格が嘘のような淫蕩《いんとう》ぶりで、自分から快楽を求めて、次第に腰使いを本格化させていく。

「ああっ、いいっ！　いいわあっ！」

クイッ、クイッ、と股間をしゃくっては、時折ペニスを抜き差しする。けっこうな距離があるにもかかわらず、叔母が漏らした発情のエキスでペニスがヌラヌラと濡れ光っているのが、晴之の眼でも確認できる。

「ねえ、イッちゃいそうよっ！　わたし、すぐイッちゃいそうっ……」

叔母の腰使いが熱っぽくなっていくに従って、晴之がペニスをしごく手つきにも力がこもっていった。

とはいえ、相手は叔母である。オナニーのオカズにしていい相手ではない。そんなことはわかっているが、しごくのをやめられなかった。背徳感と裏腹の痺《しび》れるような快感が、ひとこすりごとに身をよじらせる。

「ねえ、あなた……いい？　わたし、先にイッてもいい？」

叔母はぐいぐいと股間をしゃくりながら、甘えるように叔父に言った。大胆に開いた白く逞しい太腿が、恍惚《こうこつ》の予感にブルブルと震えだしている。

「ああっ、イクッ！　もうイクッ！　イクイクイクッ……はぁあああーっ！」

ビクンッ、ビクンッ、と腰を跳ねさせ、叔母は絶頂に達した。豊満な双乳をタプタプとはずませながら身をよじり、歓喜の悲鳴を高らかにあげる。

「はぁあああーっ！　はぁあああーっ！」

恍惚をむさぼる叔母の姿がいやらしすぎて、晴之も射精を我慢できなくなった。最速のピッチでおのがペニスをしごき抜き、腰を反らせた。煮えたぎる白濁液がドピュッと噴射し、晴之もまた、喜悦に身をよじれるはずだった。

だが――放出の瞬間、予想外の出来事が起こってしまった。

「ああっ、いいっ！　すごいいいーっ！」

うねうねと首を振って身悶えている叔母が、眼を開けたのだ。

快楽を与えてくれた愛しい夫を見ようとしたのだろうが、首を振りすぎていたので、瞼《まぶた》をもちあげたとき、夫を見下ろしていなかった。

普通なら見上げるはずもない窓に向かって視線が解き放たれ、そこには普通ならいるはずのない甥《おい》っ子がいた。ペニスから白濁液を噴射しながら、射精の衝撃に顔を歪めきっていたのである。

2

叔父がまた入院した。

半年かかる予定だったのを四カ月で退院したものの、やはりケガは完治していなかったらしい。仕事をしながらではかえって長引いてしまいそうなので、涙を呑んでみずから病院に帰ることを申し出たという。

叔父には申し訳ないけれど、晴之にとっては朗報だった。叔父が完治するまでの一、二カ月の間、再び「花の湯」の番台に座れることになったからである。

しかし、素直に喜ぶことができないのも、また事実だった。

晴之は叔父が再入院した本当の理由を知っていた。

窓からのぞいていた女湯で、叔父と叔母はまぐわっていた。それも、足にギプスをした叔父の上に叔母がまたがり、いやらしいほど腰を振りたてていたのだ。

一瞬、叔母と眼が合った。

それでも叔母はまぐわいをやめようとはせず、晴之の視線などおかまいなしに、抜かずの二回戦に突入した。

「おい、やめてくれ。続けてなんて無理だ……」

叔父は泣き笑いのような顔で哀願したが、

「大丈夫よ、まだ硬いもの」

叔母はM字にひろげた両脚の中心で、容赦《ようしゃ》なく男根をしゃぶりあげた。

「久しぶりなんだから、もっとちょうだい……あああっ、突いてっ！　もっと突いてーっ！」

叔母はすっかり獣の牝《メス》に成り果てており、叔父は男らしい愛妻家だった。貪欲《どんよく》な妻を満足させるためにハッスルし、射精を遂げたばかりにもかかわらず、下からぐいぐいと律動を送りこんだ。

「ああっ、いいっ！　いいわ、あなたっ……ああっ、イッちゃうっ……またイクウウウーッ！」

叔母は上半身を後ろに反らせ、叔父と晴之に結合部を見せつけながら、恍惚への階段を駆けあがっていった。

晴之にも経験があるが、女を絶頂させるとき、男は普段では考えられない限界を超えたパワーを発揮する。火事場の馬鹿力のようなものだ。

「おおうっ！　おおうっ！」

叔父は真っ赤な顔で雄叫びをあげながら腰を突きあげ、やがて射精に達した。

続けざまの射精である。

おそらく、身をよじるような快感があったに違いない。

「おおうっ！　おおうっ！」

叔父は放出しながら、あお向けに横たわった体を、釣りあげられたばかりの魚のように、ビクンッ、ビクンッ、と波打たせた。

「ああっ、いいっ！　すごいいいいーっ！」

叔母も夢中になって腰をグラインドさせていたから気づかなかったのだろうが、窓からのぞいていた晴之の耳には、叔父の足にされたギプスが、床のタイルを激しく叩く音が聞こえていた。

割れたりしないのだろうかと心配になったものだが、たぶん割れていたのだ。ヒビくらいは確実に入っていた。たとえギプスそのものが無事だったとしても、中の足は無事ではいられなかったのだろう。

あれだけ激しくぶつけていれば、それも当然だった。


晴之が白髪のカツラと鼈甲《べっこう》メガネをかけて「花の湯」の扉を開けると、

「じゃあ、よろしくね」

叔母はそそくさと番台をおりて、ボイラー室のほうに消えていった。

涼しい顔をしていたが、頬が思いきりひきつっていたのを、晴之は見逃さなかった。

晴之にしても変装の下で同様に頬をひきつらせていた。

当たり前である。

晴之は叔母が叔父を犯すように腰を使っていた場面をのぞいてしまったのだし、それが原因で叔父が再び病院送りになってしまったことを知っている。

もちろん、のぞきにも重い罪があるが、晴之は咎《とが》められなかった。お互い見なかったことにしようと、叔母は無言のまま空気で伝えてきた。

（それにしてもすごかったな……）

懐《なつ》かしい番台に座り、桃色に輝く女湯の景色を眺めながらも、晴之の頭の中は叔母のことでいっぱいだった。

性格は生真面目で、普段の振る舞いはどこまでも淑《しと》やかなのに、あれほど激しい盛《さか》り方をするとは、驚きを通り越して絶句するしかない。ああ見えて、本性は獣の牝であり、人に倍して性欲が強いのだ。

おそらく、いま女湯に入っているどの人よりも、深く濃い欲求不満を体の内側に溜めこんでいるのだろうと思うと、いっそ気の毒になってくる。

なにしろ、叔父が再び退院してくるのは、一カ月も二カ月も先なのだ。溜めこんだ欲求不満を吐きだすことができず、叔母の体は疼きに疼いて夜泣きすることは必至なのだから……。

晴之はむらむらしてしまった。

四カ月前、この番台に座ったときは童貞だったが、いまは違う。女にも、男同様に性欲があることを知っている。それも三十路《みそじ》を過ぎた熟女となれば、男よりずっと強い性欲があっても不思議ではない。

(ダメだダメだ……)

晴之はあわてて首を横に振った。

相手はただの熟女ではない。

叔母なのだ。母親の妹なのである。

いくらあまり似ていないとはいえ、欲望の対象にしていい相手ではない。

この前、叔父とまぐわっているところを見て自慰をしてしまったことすら、あとになってひどい罪悪感を覚えたのである。叔母がのぞかれたことをスルーしてくれるなら、こちらもなにもなかったフリをしていたほうがいい。

だが――。

銭湯の営業が終了すると、叔母のほうからアクションを起こしてきた。清掃を終えた晴之にそそくさと近づいてくると、意味ありげに声をひそめて耳打ちしてきた。

「明日は日曜日でお仕事休みでしょう？　今晩はうちに泊まっていきなさい」

泊まってなにをするんですか、と晴之は訊ねてしまいそうになった。

いつもどおりに淑《しと》やかな顔をしていたが、眼だけが異様に潤んでいたからである。表情の端々に、欲求不満を勘ぐりたくなる濃厚な色香が漂っていたからである。

（まさか叔母さん、僕のことを誘惑してくるつもりなんじゃ……）

晴之の心臓はにわかに早鐘を打ちはじめた。


叔母の家に泊まることになった晴之は、まず営業の終わった銭湯に入ってから、裏にある母屋《おもや》に向かった。

晴之は男湯に、叔母は女湯に入っていたので、しばらくすると湯上がりの叔母が居間に入ってきた。見慣れない格好をしていた。湯上がりに火照《ほて》った体を、温泉宿で着るような白い浴衣《ゆかた》で包んでいた。

（うわあっ……）

晴之は叔母に気づかれないように生唾《なまつば》を呑みこんだ。

ジロジロ見るのは失礼だと思いつつも、いつもとは違う色っぽさが漂っていて視線が吸い寄せられてしまう。よく見ると、下着を着けていないようで、胸のふくらみや尻の丸みが、浴衣の薄布一枚だけに覆《おお》われているようだった。

これで悩殺されない男など、いるはずがない。

「あのね、晴之くん……」

叔母が眼つきも色っぽくささやきかけてきた。

「お願いがあるんだけど、いいかしら？」

「な、なんでしょう……」

晴之の心臓は、緊張のあまり早鐘を打ちはじめた。

「この前あの人が帰ってきたでしょ？」

「ええ」

「三、四日一緒に寝てたら、ひとりで寝るのが怖くなっちゃったのよ。だから、一緒の部屋で寝てくれないかしら」

一緒の布団の間違いではないですか、という言葉を、晴之は喉元《のどもと》で呑みこんだ。そう言いたくなる叔母の眼つきに、射すくめられていた。

「いや、でも……でも僕、イビキがうるさいらしくて……」

「大丈夫よ、むしろイビキをかいてくれたほうが怖くなくていいかも」

半ば強引に寝室にうながされると、そこにはふた組の布団が、ぴったり並んで敷かれていた。

まるで、新婚旅行先の宿である。枕元に置かれたティッシュの箱が、なんとも意味ありげでいやらしい。

（まずいだろう、こりゃあ……）

晴之は一瞬、凍りついたように固まってしまった。

しかし叔母は、そそくさと蛍光灯を橙《だいだい》の常夜灯に変え、布団に入った。断れば逆に、下心を勘ぐられてしまいそうだったので、晴之も布団に入った。パジャマも浴衣もないので、服を脱いでTシャツとブリーフだ。

「修学旅行みたいね？」

布団から顔を出した叔母がささやいてきたが、修学旅行のようではまったくなかった。

湯上がりの体を浴衣に包み、その中に獣じみた欲求不満を抱えこんでいる叔母が隣にいるのである。薄闇の中で眼が潤んで光っているは、なんだかいい匂いが漂ってくるは、こんなお色気ムンムンの修学旅行などあるはずがない。

「ねえ」

叔母がねっとりした口調でささやいた。

「怖いから、手を繋いでくれない？」

もぞもぞと布団の中に細い手が入ってきて、晴之の心臓は縮みあがった。

（いったいなにが怖いんだ？　怖いのは叔母さんのほうじゃないか……）

手を握られた晴之は、背中に冷や汗が流れていくのを感じた。叔母の手は反対に、じっとり湿っていて熱かった。

沈黙が流れた。

重苦しい緊張感を孕《はら》んだ沈黙だ。

「眠れそう？」

叔母が甘い声音で訊ねてきたので、晴之は寝たフリをした。心臓が早鐘を打ち、意識は冴え渡っていたが、言葉を交わせばよけいに眠れなくなるだろう。

「寝ちゃったか……昼間もお仕事してるんだものね。疲れてるのよね……」

叔母は晴之の手を握ったまま、問わず語りにしゃべりはじめた。

「でも、この前はびっくりしたなあ。のぞかれてたことにも驚いたけど、まさか晴之くんが、わたしを見てオナニーしてるなんて夢にも思わなかった……」

晴之は必死になって寝たフリを続けた。たしかにあのとき、こちらもペニスをしごいていたのだ。眼が合ったとき、ちょうど白濁液を噴射したところだったのである。

それを思うと、恥ずかしさのあまり身をよじりたくなる。

「でも、いちばんびっくりしたのは、晴之くんの大きなオチ×チン。しかも、あんなに勢いよく白いものを飛ばすなんて、若いってすごいのね……」

握っていた手がほどかれ、下半身のほうに近づいてくる。晴之はTシャツとブリーフだけで布団の中に入っていた。叔母の手が太腿《ふともも》に届き、さわさわと撫でられる。付け根のきわどい場所に、ねちっこく指が這う。

（や、やめてくれ……）

晴之の願いも虚しく、叔母の手のひらが股間を包んだ。

「ああんっ、勃ってなくても大きいのね。それに熱い。お風呂上がりのせいかしら……」

やわやわと揉みしだかれ、晴之は全身をこわばらせた。しかし、股間だけはこわばらせてはいけない。タヌキ寝入りがバレてしまう。

（なにか違うことを考えるんだ……会社であった嫌なこととか……）

しかし、頭に浮かんでくるのは、騎乗位でいやらしく腰を使っている叔母の艶《あで》姿《すがた》ばかりだった。そうしている間にも、股間をまさぐる手指の動きは刻一刻と情熱的になり、勃起をうながしてこようとする。

「ふふっ、眠っていても、ここだけは反応するものなのかしら……」

むくむくと隆起していくペニスを撫でつつ、叔母の息遣いははずんでいった。

最初は遠慮がちに手を忍ばせてきたのに、いまでは向こうの布団から身を乗りだし、体ごとこちらの布団に入りこんでくるような勢いである。

（やめてくれ……もうやめてくれよ、叔母さん……）

晴之は心の中で哀願したが、表情を変えられないのがつらかった。顔をしかめたり、唇を嚙んだりすれば、起きていることに気づかれてしまう。

「いやんっ、もうビンビンじゃない？」

叔母は淫らがましくつぶやくと、硬さと太さを確かめるように、勃起しきったイチモツをぎゅうっと握りしめてきた。

（むむむっ！）

晴之は胸底で悶絶した。本当なら、眼を白黒させて叫び声をあげたいところだったが、それはできない。

ブリーフの上から勃起したペニスをひとしきりもてあそんでいた叔母は、

「もう我慢できないわ」

意を決したように独りごちると、晴之がかけている布団を剝がし、四つん這いになって股間に顔を近づけてきた。

「ああんっ、いい匂い……」

ブリーフをもっこり盛りあげている男のテントに鼻をこすりつけ、犬のようにくんくんと嗅ぎまわす。

「ううんっ、癖《くせ》になりそう。こんなところの匂いまで若いじゃないの。それにこの硬さ……舐め甲斐《がい》がありそう……」

ブリーフ越しに唇を押しつけ、男のテントの先端をハムハムと刺激してくる。

（なんてことをするんですか、叔母さん！　仮にも人妻なのに……血の繫がった親戚なのに……）

晴之は全身を痛いくらいにこわばらせ、かろうじて息を荒らげることをこらえていた。

叔母の気持ちはわからないでもない。

叔父の入院で欲求不満をもてあまし、ようやく帰ってきたと思ったら即再入院。女盛りの体が疼いて夜泣きをしていることは想像に難くなかったが、いくらなんでもやりすぎである。

しかも、こちらが寝ている隙をついて体をいじってくるなんて、心清らかないつもの叔母ではない。

甥っ子の気持ちも知らないで、叔母の行動はますます大胆さを増していった。

「大丈夫よね。ここまでして眼を覚まさないんだから、もうちょっとしても……」

驚くべきことに、ブリーフをずりさげて、勃起しきった男根を取りだしてしまった。

「いやあんっ、なんて立派なの！」

叔母は感嘆の声をあげると、すかさず根元に指をからませてきた。痛いくらいに勃起しきって、熱い脈動をズキズキと刻んでいる欲望器官を、いやらしすぎる手つきでしごきたててきた。

「こんなに硬くして、若いから溜まってるんでしょ？　遠慮しなくていいのよ。わたしが楽にしてあげるから……ぅんあっ！」

生温かい舌が、亀頭をねっとりと這ってきた。粘りつくような舌使いで、ねろり、ねろり、と舐めまわした。

(う、嘘だろ……)

晴之は息ができなくなり、意識が遠のいていくほどのショックを覚えた。いっそ失神してしまえれば、どれだけ楽だったろう。要するに、晴之のタヌキ寝入りなど、とっくの昔に見破られていたらしい。いまのは独り言に見せかけた、叔母からのメッセージだったのである。

銭湯をのぞいたときにこちらもオナニーをしていたので、同情を誘ったのかもしれない。叔父の再入院で欲求不満に陥《おちい》っている自分と、同類だと見られている可能性が高い。

(しかし、だからって……)

眼を開けて叔母にむしゃぶりついていけるほど、晴之は図々しい性格ではなかった。いったいどうすればいいのだろう？　このままタヌキ寝入りを続けるべきか、それとも……。

3

「ぅんんっ！　ぅんんっ！」

叔母が鼻息をはずませて、勃起しきったペニスを舐めしゃぶってくる。ねっとりとした舌の動きも、吸いたててくる唇の収縮具合も、尋常ではない淫らぶりで、晴之はきつくこわばらせた全身から、脂汗が滲《にじ》みだしていくのを感じた。

（見たい……叔母さんのフェラ顔、見てみたい……）

眼を開ければそこに、男の欲望器官を大胆に頬張り、欲望のままにしゃぶりあげている叔母の顔があるはずだった。

しかし、眼を開ければタヌキ寝入りがバレてしまう。もはやバレバレではあるものの、起きていることを認めてしまえば、禁忌《きんき》を破っている叔母の振る舞いそのものを、認めることになってしまう。

（ダメだ……眼を開けたら絶対にダメだ……やり過ごすんだ……あくまでこっちは、寝たフリを貫き通すんだ……）

そんな気持ちも知らぬげに、叔母のフェラチオは一秒ごとに熱烈さを増し、新たな刺激を投入してきた。ただ舐めしゃぶるだけではなく、舌を尖《とが》らせて、ツツーッ、ツツーッ、と竿《さお》の裏をなぞる。亀頭の裏側の筋を、チロチロ、レロレロ、とくすぐりたててくる。

それだけではなく、根元を指でしごいていた。大量の唾液をローションにして、卑猥な手つきでこすりたてる。

（むむむっ……）

晴之は自分の顔が真っ赤に染まっていくのを感じた。タヌキ寝入りを装っている以上、必死になって無表情を取り繕《つくろ》っていたが、限界が迫っていた。叔母が繰りだす快楽の波状攻撃に顔を歪めてしまいそうで、もはやバレるのは時間の問題だろう。

ならば、と覚悟を決めて薄眼を開けていく。どうせバレてしまうのなら、叔母の舐め顔をこの眼で見ずにはいられない。

（うわあっ……）

朧気《おぼろげ》な視界の向こうに現れた叔母は、予想を遥かに超えたいやらしい顔で、晴之のペニスを咥えていた。

眉根を寄せ、鼻の下を伸ばし、一心不乱に唇をスライドさせている。口からペニスを出すと、潤んだ瞳をぎりぎりまで細めてペニスをうっとりと眺めながら、亀頭をペロペロ舐めまわし、手指を唾液でベトベトにして根元をしごいてくる。

（エロい……エロすぎるだろ、叔母さん！）

見てはならないものを見てしまった気がして、晴之は反射的に眼を閉じた。すると、どういうわけか、叔母のフェラチオも中断された。

激しい胸騒ぎが訪れた。

下半身で、叔母がごそごそと動いている。

舌や唇によく似ているが、そうではないものが、ヌルリと亀頭に触れた。

(な、なにをっ……なにをするつもりなんだ、叔母さん!)

晴之はしっかりと眼をつぶったまま、頰をピクピクと痙攣《けいれん》させた。

恐ろしいことが起きようとしているようだった。

眼をつぶっていても、叔母がなにをしようとしているのか想像はつく。

そそり勃《た》ったペニスの先端にあたっているくにゃくにゃしたものは、股間の花びらに違いなかった。じっとりと濡れていた。叔母はその部分に、男の欲望器官を咥えこもうとしている。

「んんんっ!」

悩ましいうめき声が聞こえ、くにゃくにゃした花びらの間に亀頭が沈んだ。次の瞬間、熱くヌメヌメした世にもいやらしい感触が、敏感な男性器官を包みこんできた。

(むむむっ……)

眼を開けていないぶんだけ、晴之の触覚は敏感になっていた。性器と性器の結合を、これほど生々しく感じたことはかつてない。

しかし、叔母は母の妹だった。

性器と性器を結合させていい相手ではないのだ。

（やめさせなきゃ……こんなことやめさせないと……）

胸底でつぶやいたが、体は金縛りに遭ったように動かなかった。すべての神経が股間に集中し、罪悪感とともに、生々しい結合の実感が襲いかかってくる。

「くぅうっ！」

叔母がくぐもった声をもらし、さらに結合を深めた。

はちきれんばかりに勃起したペニスを半分ほど咥えこむと、肉と肉とを馴染《なじ》ませはじめた。股間を上下に動かしているのだろう。蜜壺の奥からあふれてくる発情のエキスが、ペニスの表面に塗りたくられていく。気が遠くなりそうな快感が、きつくこわばった晴之の体を小刻みにわななかせる。

「んんっ……太いっ……太いじゃないのっ……うちの人よりもずいぶん……」

叔母はハアハアと息をはずませながら、腰を使ってきた。女の割れ目を唇のように使って、ペニスをしゃぶりあげてくる。

たまらなかった。

晴之は禁忌をも忘れさせる肉の悦びに溺れてしまい、眼を開けたくてたまらなくなった。叔母がいったいどんな格好をしてペニスをしゃぶりあげているのか、確認せずにはいられなかった。

恐る恐る薄眼を開けた。

次の瞬間、眼を真ん丸に見開いてしまった。

叔母は浴衣を脱いで全裸になり、両脚を大胆なM字にひろげて、股間にペニスを咥えこんでいた。半分だけ咥えこんでいるところが、途轍《とてつ》もなく卑猥だった。女の蜜でヌルヌルに濡れた肉竿の表面に、アーモンドピンクの花びらが吸いついている。

「いやんっ！」

眼が合うと、叔母は恥ずかしげに顔をそむけた。わざとらしいにも程がある。顔はそむけても、M字に開いた両脚を閉じようとしないのだから、完全なる確信犯である。

「ごめんね。起こしちゃった？」

叔母は恥ずかしげに顔をそむけたまま、チラリと横眼を向けてきた。

あまりに白々《しらじら》しい態度に、晴之は真っ赤になってぶるぶると唇を震わせた。隣で寝ている甥っ子にフェラチオを施し、結合までしているのだから、起きるに決まっているではないか！

「そんなに怒った顔しなくてもいいじゃないの」

叔母は甘く媚びたような声で言うと、腰を動かしはじめた。M字開脚の中心では、アーモンドピンクの花びらが、ペニスにぴったりと吸いついている。半分ほど咥えこんだ状態で、女の割れ目を唇のように使ってしゃぶってくる。

「むううっ！」

晴之は息を呑み、ギラギラとたぎった眼で結合部を凝視した。タヌキ寝入りをやめてしまった以上、もう無表情を装っている必要はなかった。

血の繋がった叔母とこんなことをしてはいけない、という思いはあったが、もはや後戻りできないところまで事態は進んでしまっている。

「ああっ、いいっ！すごくいいっ！逞しいわよ、晴之くんのオチ×チン、とっても逞しいっ！」

くちゅっ、ぬちゅっ、と卑猥な肉ずれ音をたててペニスをしゃぶりあげてくる叔母は、いつもの叔母ではなかった。オルガスムスをむさぼるためなら、恥も外聞を捨ててしまう獣の牝になっていた。

「むむむっ……僕は……僕は見たくなかったですよ。叔母さんのこんないやらしい姿……」

「なに言ってるの。女湯をのぞいて、夫としてるところ見たじゃない」

「それはそうですけど……」

「わたしだって、本当なら甥っ子とこんなことしたくなかったの！」

叔母はにわかに哀しげな表情になった。

「でも、あのとき見られちゃったから……どうせ見られたならって……」

切々と言葉を継ぎつつも、股間の上下運動はとまらない。ずちゅっ、ぐちゅっ、とますます肉ずれ音を淫らにして、亀頭をしゃぶりあげてくる。

「むむむっ……」

晴之は顔を真っ赤にして首に筋を浮かべた。もう我慢できなかった。中途半端なところでペニスをしゃぶられていることに、いても立ってもいられなくなった。

「お、叔母さんっ！」

下からずんっと突きあげると、

「はっ、はぁあああああーっ！」

叔母は総身をのけぞらせて甲高い悲鳴をあげた。豊満な双乳をタプタプ揺すり、長い黒髪を振り乱した。

声をあげたいのは、晴之も一緒だった。叔母のくびれた腰を、両手でがっちりとつかんだ。

もはや、行く道を行くしかないらしい。

反撃開始だった。

覚悟を決めた晴之は、騎乗位でまたがっている叔母の腰を両手でつかみ、膝を立てた。下から連打を送りこむ体勢を整え、大きく息を呑んだ。

「いきますよ」

「ううう……」

叔母の頬がピクピクと痙攣する。その気になってしまった甥っ子が放つ獣欲に、気圧《けお》されている。

「むうう！」

晴之は突きあげた。膝を使って腰を上下させ、勃起しきったペニスで、M字開脚の中心を、ずんずんと突いた。

「はっ、はぁあおおおおーっ！」

叔母が獣じみた悲鳴をあげる。それもそのはずだ。もう半分だけの挿入ではない。ペニスを根元まで埋めこみ、亀頭で子宮をしたたかに叩いている。

「き、きてるっ……いちばん奥までっ……」

ひろげた太腿をぶるぶると震わせ、膝をついてしまいそうになったので、

「叔母さんっ！」

晴之は上体を起こして抱きしめた。騎乗位から対面座位へと体位を変えた。

「ああああっ……」

ペニスの当たる位置が変わり、叔母があえぐ。その体を、晴之はしっかりと抱きしめた。座位になると下から突きあげることが難しくなったので、布団の下の畳をギシギシと軋《きし》ませて体全体を揺すりたてた。

「ああっ、いいっ……」

叔母はきつく眼をつぶり、眉根を寄せた卑猥な顔で、腰をグラインドさせてくる。深々と咥えこまされた甥っ子のペニスを、濡れた肉ひだでこすりたてては、淫らがましく身をよじる。

（たまらん……たまらないよ……）

晴之の胸板には、豊満な乳房がむぎゅむぎゅと押しつけられていた。両手で

は、尻の双丘をつかんで指を食いこませている。叔母の素肌は発情の汗がじっとりと浮かび、その甘ったるい匂いが鼻腔をくすぐってくる。

「あああっ……はぁあああっ……」

叔母はすっかり夢中になっていたが、晴之はこの体位をそれほど長く続ける気はなかった。

はっきり言って繋ぎだった。タヌキ寝入りをしていたときは好き放題に責められていたので、今度はこちらが叔母のことをひいひいとよがり泣かせる番なのである。

「あああっ……」

正常位に押し倒すと、叔母はせつなげな声をあげた。もっと対面座位で腰を使いたかったようだが、すぐにその表情には淫らな期待が滲んだ。言葉にせずとも、ねっとり潤んだ瞳から、早く突いて、たくさん突いて、という生々しい欲望が伝わってくる。

晴之はしかし、ピストン運動を始める前に、ちょっと意地悪をしてやりたくなった。勃起しきったペニスを咥えこんでいる女の割れ目、その上端に隠れている女の急所を探りだし、ねちねちと指で転がした。

「いっ、いやっ……」

叔母は細めた眼の奥で瞳を凍りつかせ、あわあわと唇を震わせた。

お局様の淳子を連続アクメに追いこんだ荒技だが、予想以上のリアクションだった。晴之のことを甘く見ていた部分もあるだろうし、クリトリスが特別に敏感なのかもしれない。

「そこはダメッ……そこはあああーっ！」

言葉は悲鳴に呑みこまれた。

「すごいですよ、叔母さん。オマ×コがぎゅうぎゅう締まりますよ」

晴之は結合状態を保ったまま、しつこくクリトリスをいじりたてた。ピーン、ピーン、と指ではじくほどに、蜜壺がペニスを食い締めてくる。ピストン運動も始めていないのに、たまらない反応だった。ついでとばかりに、右手でクリをいじりながら、左手で乳首をつまんでやる。

「あううう一っ！」

叔母は白い喉を突きだし、M字に開いた両脚を、ガクガク、ぶるぶる、と震わせた。

「ダ、ダメよっ……そんなのダメッ……お、おかしくなっちゃうっ……」

そうまで言われてしまうと、ますますやめるわけにはいかなくなる。

真珠肉と乳首をねちっこくいじりたてては、乳首をいやらしいくらい尖りきらせた。身をよじってピストン運動を求めてくる叔母の動きを、腰のグラインドでいなしつつ、執拗《しつよう》に責める。白く汗ばんだ素肌が、みるみるうちに生々しいピンク色に染まりきっていく。

「ねえ、もう許してっ……」

叔母がせつなげに声を絞った。

「オ、オマ×コ突いてっ……叔母さんのオマ×コ、めちゃくちゃにしてちょうだいっ……」

「いやらしいなっ！」

晴之は、ずんっ、と一打だけ深々と突きあげた。

「はぁおおおおおおーっ！」

叔母は背中を弓なりに反らせ、ブリッジするようにのけぞった。

「僕の憧れの叔母さんは、オマ×コなんて言っちゃダメです。いやらしすぎます」

「でもっ……でもおおおっ……」

叔母は淑やかな美貌をくしゃくしゃに歪め、淫らに潤んだ瞳でピストン運動を求める。くびれた腰をくねらせ、左右の太腿で晴之の腰をぎゅうぎゅうと挟んでくる。

「欲しいのっ……これが欲しいのっ……突いてほしいのおおおっ……」

「二度と言わないって約束してください、オマ×コなんて！」

険《けわ》しい顔で言いつつ、晴之にも我慢の限界が訪れていた。叔母のことを思いきり突きあげたくてしかたがなかった。

「するっ！　約束しますっ！」

叔母が必死になってうなずいたので、晴之は上体を被せて叔母を抱きしめた。熱かった。呆れるくらい全身を火照らせて、叔母は甥っ子のピストン運動を求めていた。

「ああっ、早くっ……早くううっ……」

「むううっ！」

晴之は下腹部に力をこめ、満を持して抜き差しを開始した。

叔母の中は、奥の奥までヌルヌルだった。そのくせ、したたかに締めつけてきた。晴之はあっという間に我を失い、むさぼるように腰を使った。

「ああっ、いいっ！　オマ×コいいっ！　もっとしてっ！　オマ×コ突いてええぇーっ！」

叔母は早くも約束を破り、卑語を絶叫しながらよがり始めたが、晴之にはもう、咎めることができなかった。

ヌルヌルした叔母の蜜壺を味わうことに没頭していた。

腰を使いながら、叔母の太腿を揉んだ。蕩《とろ》けるように柔らかく、揉むほどに抜き差しに力がこもっていく。

「ああっ……あああっ……」

あえぐ唇がいやらしすぎて、口づけをしてしまう。

「ぅんあああっ……」

叔母が舌を差しだしてきたので、晴之は吸った。ずちゅっ、ぐちゅっ、ずちゅっ、ぐちゅっ、と淫らな肉ずれ音をたてて叔母を突きあげながら、ネチャネチャと舌をからめあった。

濃厚だった。

童貞を失って以来、六番目に体を重ねた女になるが、叔母の抱き心地は誰よりもこってりしていた。まさに「まぐわっている」という感じで、ぐいぐいと律動を送りこむほどに、自分が獣になっていく自覚があった。言葉のいらない、肉体言語のコミニュケーションに埋没していった。叔母のあえぎ声と汁気の多い肉ずれ音、そしてハアハアと高ぶる呼吸音だけが、常夜灯に照らされた寝室を支配した。

「あああっ、もうダメッ！」

言葉のいらない世界を、叔母の絶叫が引き裂いた。

「そ、そんなにしたら、イッちゃうっ……イッちゃいそうっ……」

背中に爪を立ててしがみつかれ、

「むううっ！」

晴之は奮い立った。息をとめ、渾身《こんしん》の勢いで子宮をずんずん突きあげた。

「イッてくださいっ！　叔母さん、イッって……」

「ああっ、いやっ……いやいやいやっ……」

叔母はちぎれんばかりに首を振り、晴之の腕の中でのけぞっていった。

「イッ、イクッ……イッちゃうっ……イクイクイクッ……」

のけぞった体をビクンッと跳ねさせ、叔母は絶頂に達した。次の瞬間、五体の肉という肉を、いやらしいくらいにブルブルと痙攣させて、恍惚の彼方にゆき果てていった。

「おおおっ……」

アクメに達した蜜壺にペニスをしたたかに締めあげられ、晴之はうめき声をもらした。こちらももう限界だった。こみあげてくる衝動のままに、フィニッシュの連打を打ちこんだ。

「おおおっ……出るっ！　もう出るっ！　おおおおーっ！」

雄叫びとともに、煮えたぎる欲望のエキスを噴射した。オルガスムスに痙攣する女体の中心に、ドクンッ、ドクンッ、と男の精を注ぎこんでいく。

「はぁうううーっ！　いいいいーっ！　いいいいいっ！」

白い喉を突きだして泣き叫ぶ叔母を抱きしめて、晴之は長々と射精を続けた。たまらない一体感と密着感を覚えながら、眼も眩《くら》むような恍惚の海に溺れきった。

エピローグ

肉体関係を交わしたのち、女と再会するのは照れくさいものだ。

それも相手が血の繋がった叔母となれば、罪悪感が胸を刺すし、照れくささも倍増である。なにしろ、子供のころから知っている相手と腰を振りあい、恍惚を分かちあってしまったのだから……。

とはいえ、それでは叔母と会いたくなったかと言えば、そんなことはない。むしろ会いたかった。叔父が退院してくるまでの間でいいから、欲求不満解消の相手を務めさせてもらいたいと思った。

期間限定であるなら、罪悪感も薄らぐ。叔母は人に倍して肉欲をもてあましているのだから、すっきりさせてあげることができれば、人助けにさえなるような気がする。

いつものように白髪のカツラと鼈甲《べっこう》メガネで変装し、「花の湯」の番台に向かうと、

「ご苦労さま」

叔母もいつもどおりの柔和な笑みを浮かべて番台を交代したが、決して眼を合わせてこなかった。その横顔には、照れくささや罪悪感以上に、生々しい欲望が滲《にじ》んでいた。

「今夜も泊まっていってね」

甘い声で耳打ちされ、晴之は胸底で快哉《かいさい》をあげた。血が繋がっているせいなのか、以心伝心で同じ事を考えていたようだ。叔父が退院してくるまで、めくるめく快楽の夜を共にすごそうというわけだ。

(たまらないよ、もう……今夜もまた、叔母さんとしっぽりできるなんて……)

晴之は番台に座っても、女湯の光景など眼に入らなかった。

頭の中を駆けめぐっているのは、騎乗位で結合部を見せつけてきた叔母の艶姿《あですがた》だった。正常位でのこってりと濃厚な抱き心地を、生々しく思い返していた。

よがり顔もすごかった。

元が淑《しと》やかな美人だけに、喜悦に歪《ゆが》んだ百面相を思いだすだけで、勃起しそうになってしまう。

(昨日はまだ、ファーストコンタクトだったからなあ。これから体が馴染《なじ》んでくれば、叔母さんはもっとあられもに本性を……照れちゃうなあ、もう……）

ところが、頭をかきながら桃色の妄想に浸っていると、

「きゃあっ！」

突然悲鳴があがり、湯上がりの中年女が晴之を指差した。

「どうしたのよ、番台さん。その頭」

「えっ？　ええっ？」

晴之は焦った。どうやら妄想に耽《ふけ》りながら頭をかいた拍子に、カツラがズレてしまったらしい。あわてて直そうとすると、今度はメガネがズリ落ちた。騒ぎを察した女湯の面々が、続々と番台に近づいてくる。

「やだ、番台さんってホントはこんなに若い男の子だったの？」

「十八歳くらいじゃないの、いやらしい」

「いや、べつに、いやらしくはないです。十八歳じゃなくて二十歳だし……」

晴之はこわばった顔で反論しようとしたが、ひとりの中年女が番台に身を乗りだして股間をのぞきこんできた。

「やだっ！　この子、勃起してる」

「いや、これは……」

誤魔化そうとしても誤魔化しきれないほど、もっこりと男のテントを張っていた。

「わたしたちの裸を見て、興奮してたのね！」

「いや、そんな……違うんです……」

弁解は通じなかった。

カンカンに怒った女湯軍団は、晴之を辞めさせるよう叔母に抗議した。

「ごめんなさい。でも、彼を馘《くび》にしたら銭湯を休業しなければならないんです」

叔母は晴之を庇《かば》ってくれようとしたが庇いきれず、すったもんだのすえ、叔父が退院してくるまで銭湯組合に臨時従業員を派遣してもらうことになった。

組合に人に頼むとそれなりにお金がかかる。

「まったく、どうして変装がバレるようなことをしたのよ」

最初は晴之を庇ってくれていた叔母も、最後のほうは恨み節だった。

最悪の結末である。

晴之は泣きたかった。

これで二度と「花の湯」の番台に座れなくなり、ということはつまり、叔母と甘い情事に耽るチャンスもなくなってしまったのだから。

※この作品は２０１２年１月５日～５月２日号まで「日刊ゲンダイ」に連載され、２０１２年１月19日～５月17日まで双葉社ホームページ（http://www.futabasha.co.jp/）にも連載された作品に加筆訂正したオリジナルで、完全なフィクションです。

双葉文庫

く-12-28

俺《おれ》の湯《ゆ》

2012年6月17日　第1刷発行

【著者】
草凪優《くさなぎゆう》

【発行者】
赤坂了生

【発行所】
株式会社双葉社
〒162-8540 東京都新宿区東五軒町3番28号
［電話］03-5261-4818(営業)　03-5261-4833(編集)
www.futabasha.co.jp
(双葉社の書籍・コミックが買えます)

【印刷所】
三晃印刷株式会社

【製本所】
株式会社ダイワビーツー

【表紙・扉絵】南伸坊
【フォーマット・デザイン】日下潤一
【フォーマットデジタル印字】飯塚隆士

落丁・乱丁の場合は送料双葉社負担でお取り替えいたします。
「製作部」宛にお送りください。
ただし、古書店で購入したものについてはお取り替えできません。
［電話］03-5261-4822(製作部)

ISBN978-4-575-51506-0 C0193
Printed in Japan

藍川京　悦花芳香《えつかほうこう》　文庫オリジナル　オムニバス・エロス

不動産屋から豪華な格安物件を紹介され、大喜びで入居した菜々美。だが、なぜか淫望に囚われ始める。「女王花」ほか三編の連作。

川奈まり子　義母の艶香《えんこう》　書き下ろし長編　美熟エロス

大学生の青山明の秘かな想い人は、美しき義母ゆり子。明が二十歳の誕生日を迎えた夜、二人きりの祝宴に甘く妖しいムードが流れ始めた。

川奈まり子　人妻、洗います。　書き下ろし長編　美熟エロス

人妻専門の高級クリーニング屋の御用聞きとなった清水洋一は、緋の長襦袢の淫ら妻や欲求不満のミニスカ妻らと恍惚体験を重ねていく。

霧原一輝　艶色《つやいろ》の復活祭　書き下ろし長編　回春エロス

総務部次長の丸山周平は、クリスマスイブの日、秘書室の松原愛子が専務に関係を迫られているのを知らされ、彼女を守るために立ち上がる。

霧原一輝　昼下がりの公園天使　書き下ろし長編　回春エロス

早期退職し、妻とも別れた長澤昭吾は公園管理の臨時職員に採用される。公園では、セレブ夫人や若妻らとの淫らな出逢いが待っていた！

霧原一輝　媚女めぐり　オリジナル長編　回春エロス

楽々ツーリストの添乗員尾高祐一郎は、初の添乗で人妻ばかりのバスツアーを担当。仕事は失敗続きでも「夜の接待」は奥様たちに大好評!?

霧原一輝　愛しのラブホテル　書き下ろし長編　回春エロス

社内不倫がバレて退職した岡村悦男は、友人の営むラブホテルで働くことに。そこではバイトの女子大生や人妻との蜜事が待っていた。

霧原一輝　初恋アゲイン　オリジナル長編　回春エロス

旅行会社に勤める羽鳥孝介は36歳の独身男。中学の同級生に頼まれて二泊三日の同窓会ツアーを企画し、初恋相手の人妻・淑乃と再会する。

霧原一輝　歳の差なんて　書き下ろし長編　回春エロス

豊田啓介は55歳。仕事よりも鉄道同好会を楽しみにしている。ある日そこで知り合った25歳の真澄から熱烈なアプローチをされて……。

霧原一輝　レンズ越しの淫景　書き下ろし長編　回春エロス

カメラマンの椿琢郎は、週刊誌のヤラセ盗撮企画の仕事から「覗き」の快楽に目覚め、自室から見える部屋に住む美女に惹かれていく。

草凪優　美熟女まんだら　オリジナル長編　性春エロス

杉浦祐一郎は左遷の憂さを晴らすためにブログ「モテないくん」を始める。すると、真っ昼間に暇をもて余す人妻からコメントが殺到した！

草凪優　ごっくん紅唇《こうしん》　書き下ろし長編　性春エロス

セックスより口唇愛撫に並々ならぬ思い入れがある冬野は、究極のフェラを求めて卑屈なまでの努力をしながら、女たちを口説いていく。

草凪優　特命は蜜に濡れて　オリジナル長編　性春エロス

織田龍之介はセレブ御用達の出張エステティシャンとして朋美の部屋にいる。だが真の目的はエロスを駆使して蜜命を果たすためだった！

草凪優　俺の湯　オリジナル長編　性春エロス

男の憧れ、番台から見た淑女や美女や熟女の生態とは!?　なぜか銭湯の番台に座ることになった主人公の、嬉し恥ずかしエロス体験の数々。

睦月影郎　みだら幻郷《げんきょう》
書き下ろし長編
フェチック・エロス

事故で亡くなった両親のかわりに、山奥にある本家の莫大な遺産を相続することになった竹山行男。その村には、妖しい風習と美女が！

睦月影郎　あこがれ同窓生《クラスメート》
オリジナル長編
フェチック・エロス

田代文也が管理人を務めるマンションに、高校時代の同級生の由貴子が引っ越してきた。巨乳妻の由貴子に欲情した文也は……。

睦月影郎　ふしだら人形
オリジナル長編
フェチック・エロス

叔父夫婦宅で留守番中の浪人生・室井亮二は、部屋に残されていた少女の人形に大量の白濁液をかけたことから、妖しい体験に巻き込まれる。

睦月影郎　淫惑フェロモン
オリジナル
フェチック・エロス作品集

童貞の学生が美女二人との妖しい交歓に溺れる「爪痕」、清純派女優の入浴姿を盗撮するオタク男を描いた「裸撫視淫」など傑作四編を収録。

睦月影郎　とろり半熟妻
書き下ろし長編
フェチック・エロス

女の子の匂いや体液を感じると、その記憶や能力を吸収できる浪人生・風見泉治は、アパートの大家の新妻である18歳の麻衣を部屋に誘う。

睦月影郎　人妻は完熟ジューシィ
書き下ろし長編
フェチック・エロス

中年童貞の大野治郎は、美熟女の車に撥ねられたのを機に幽体離脱状態に。これ幸いと様々な美女の体内に入り込んでエロ体験を重ねる。

睦月影郎ほか　美女紀行
書き下ろし
官能アンソロジー

北は札幌から南は沖縄まで女体めぐり！　睦月影郎・霧原一輝・橘真児・川奈まり子・葉月奏太・柚木郁人・とみさわ千夏らの七篇を収録。